哇
真是見鬼

永續圖書線上購物網
讀品文化事業有限公司
www.foreverbooks.com.tw
yungjiuh@ms45.hinet.net

鬼物語系列 14

哇！真是見鬼了

作　　者　汎　遇
出 版 者　讀品文化事業有限公司
責任編輯　林秀如
封面設計　姚恩涵
內文排版　王國卿

總 經 銷　永續圖書有限公司
TEL ／(02)86473663
FAX ／(02)86473660
劃撥帳號　18669219
地　　址　22103 新北市汐止區大同路三段 194 號 9 樓之 1
TEL ／(02)86473663
FAX ／(02)86473660
出 版 日　2016 年 8 月

法律顧問　方圓法律事務所　涂成樞律師
CVS 代理　美璟文化有限公司
TEL ／(02)27239968
FAX ／(02)27239668

國家圖書館出版品預行編目資料

哇！真是見鬼了／汎遇著.
--初版. --新北市 ： 讀品文化, 民 105.08
面； 公分. -- （鬼物語系列：14）
ISBN 978-986-453-036-6 (平裝)

857.63　　105010439

目錄

4 街頭鬼事件

5 大都會鬼事件

1

大樓鬼事件

異度空間

洪敏惠說，自從她遇到這個事件之後，足足有好幾年都不敢自己乘坐電梯。

她記得很清楚，那一天下午，公司老闆交給她一疊文件，要她送到內湖金×路××號六樓×室，王小姐收。

到了這棟大樓，洪敏惠走進電梯，電梯裡剛好都沒有人，她按六樓按鍵，整個人靠到電梯牆，閉上眼，略微休息一下。

上升的電梯突然輕微的震動一下，然後，電梯門緩緩打開了。

洪敏惠也沒在意，六樓樓層不高，她以為到了，便直接跨出電梯門。

嗯?左、右都是長長的通道，她隨意溜了一眼，踏上通道往前直走，走了好一段，她發現不對勁。

首先，這裡不見半個人影。其次，是完全沒有看到門。

照理說，大樓裡面，會看到一間間的住家或公司的門。而這一條長長的通道，似乎無窮止盡，也不見彎道、轉折什麼的，不是很奇怪嗎？

就在她意念轉到此時，前方出現兩個人影。

空氣中，彷彿瀰漫一層薄霧，所有的物事，都模糊不清。

「耶！請問……」

突發的聲音，讓洪敏惠心神一震，但很快的，她發現這是她自己的聲音。可是，灌入她耳中的聲音，卻好像隔著一層薄膜，沒有真實感，可是聲音又很清楚。

只這一瞬間，前方兩個人，已經走到她面前。

她抬眼想開口問，但剎那間，她看到這兩個人臉容異常平板，沒有表情，睜突得又大又圓的雙眼充斥著眼白，特小的眼瞳好像被貼在眼白當中，勾視著前方，完全沒看到她！

緊接著，兩人身影悄無聲息的飄過去。洪敏惠整個人近乎癡呆般，心裡想的，跟她的動作不一致。

怎回事啊？他們？

忽然，有幾道身影，從她身後陸續飄越過去。這些人看起來動作遲緩，但速度卻很快。

等洪敏惠醒悟過來時，他們已經跟她有段距離了。

洪敏惠想，這些人都往前去，可見前面一定有路、有住家、有公司，便提腳跟了上去。

忽然，她發現自己的身體似乎很輕，輕飄飄地，不必過於使出力道，卻能迅速地往前。

她心中無端升起一股欣然怪感，這感覺是她從來不曾有過的——整個人，近似漂浮般，可以不停歇的往前飄行。

問題是，這路徑也太長了吧！還似乎無止盡。還有，繼續這樣往前究竟要去哪？

這時，她隱約記得身負任務。只是，什麼任務？卻想不起來。

總之，不能這樣漫無目的地走下去了！

一道身影跟洪敏惠擦身，繼續往前之際，她連忙伸出手想拉住這個身影，想問他。

但她伸出手，卻撈了個空！

不是抓不住身影……是她的手穿透這個身影，只撈住了空氣，眼睜睜看著身影，溜透出她的手！

怎會這樣呀？這會，洪敏惠心裡才開始有害怕的感覺！

念頭才這麼一轉，她整個身軀驀地沉重起來，腳步也緩頓下來。

可是，一個個的身影，還是持續往前。不過，她注意到這些身影，有些眼熟。

再一注意，她發現這些一道道的身影，都在重複著。就是第一次飄越過的身影，會繼續再一次飄越過洪敏惠。

意念、腦海，開始出現極度不安，洪敏惠喘著大氣，儲備許久後，終於努力讓自己發出聲音：「請問，這是哪裡？你們……是誰？要去哪？」

哦！有反應哩！

與她最近的一道背影，就在她正前面忽然頓了頓，徐徐轉回頭，但是他的身體，卻完全沒有轉過來……洪敏惠清楚看到他的脖子，瞬間浮出了幾道肉圈，以方便頭部的轉動。

在這麼近距離之下，她看得一清二楚！

那是一張骷髏臉，該有眼睛的部分，是兩個大窟窿；鼻梁間兩個小洞，還有幾隻蛆蛆，鑽進鑽出；嘴巴上下兩排白森森牙齒，當中還脫落了幾根牙齒……

「啊──啊──啊──」尖聲狂喊中，背影的骷髏手，一個大迴旋，往後揚拍上洪敏惠肩胛。

洪敏惠慌亂的揮舞手臂，四下亂拍打，想揮掉骷髏手……

「小姐！小姐！妳醒醒！」

在極度驚駭、哭著醒過來的洪敏惠，發現面前是一位中年男子。

他說他姓王，是住在這棟大樓十二樓的住戶，正要搭電梯回家。但電梯停在五樓一直不下來，他等了好久，一直按、一直按，電梯才終於下來，門打開卻只看到電梯內有人躺在地上，旁邊還有一些文件。

王先生好心的問她：「身體不舒服嗎？怎會昏倒在電梯裡面？」

「呃！沒……沒有。我、我要到六樓。」洪敏惠擦擦臉、拍拍身上灰塵，心有餘悸地問王先生：「請問，六樓有一家××公司？一位王小姐？」

王先生說，他不太清楚，不過知道××公司，是在六樓沒錯。

洪敏惠把王件送達，驚慌又狼狽地搭電梯下樓時，意外發現，這棟大樓，沒有『四』樓與『十四』樓。

大樓從三樓，直接跳到五樓，再持續以上的六、七、八……，原本總共十五樓，經過這一篩減，變成只有十三樓。

回公司的次日，她發燒生病，請了一天假。

事後，洪敏惠從老闆口中輾轉得知，原來那棟大樓地處偏僻，在未蓋之前是一片墓地，蓋好大樓後常常出狀況。

據說，許多住戶都遇到不可思議的詭異事件，尤其是四樓、十四樓，已經買下了的住戶，住不到一個月紛紛搬走。

其他住戶跟建商商議後，決定廢除四樓、十四樓，不過，其他樓層的住戶們，住過一些時日，還是有人搬遷，貼上「售屋」廣告。

整棟樓層住戶少，人氣稀疏，有些住戶因為經濟問題不得不繼續住下來，但是住戶們，都有許多禁忌。

當然，這種事，大家只是擱在心裡，並不想明說。

後來，有住戶去請風水師來勘驗，也有住戶請人來做幾場超度法事，但效果不彰。有傳聞說，大樓蓋好後，原先活動在墓地上的好兄弟們被驅逐了，它們只得另找空間。就有人猜測，它們選定四樓、十四樓，因此，它們時常會游移在這個空間。

有人敢去這棟大樓尋找結果嗎？當然沒有！

所以結果如何？我們不得而知。

遺願

李芳君說，這件事，是她一輩子中，遇到最恐怖的事情了。

李芳君的工作是會計，在這家公司，已經做了好幾年。她公司所在的這層大樓，沒有管理員，卻有幾家大同小異類型的公司。

有時候，到茶水間、廁所時，李芳君會遇到其他公司的員工們。日子久了，認識的其他公司朋友們，碰到面會悄悄提起心事，例如：老闆如何、如何；同事怎樣、怎樣；工作忙不忙……云云。

工作忙時，李芳君常常要加班，往往到了晚上九點、十點，都還在公司奮戰。雖然加班有加班費，不過也挺累人的，好在並不是每天都得加班。

去年，到了報稅日期的前一個月，李芳君就開始忙，還得加班。一天晚上，她加班到很晚，工作告一段落，忽然尿急想如廁，抬頭一看，哇！已經快九點多了。

報表還沒完成……她一面往廁所走，一面考慮著，要不要繼續做完，還是明天再完成報表？

李芳君在廁所內，忽然看到廁所門外底下，出現一雙腳影。

剛開始她沒注意到，尿好要起身時，她才看到這雙腳往右邊移動。

右邊是廁所的門，這雙腳，看起來是準備走出去……

可是，她剛進來時，既沒碰到人；也沒看到有人上廁所；更沒聽到開、關門的聲音呢。

打開廁所門出去，李芳君洗著手，抬起頭，猛然見自己背後鬼幽幽地站著個人！

害她心口一陣緊縮，嚇了好大一跳！

轉過頭，原來是對面公司的王曉玫。

她認得王曉玫，每次見面她都滿臉沉重，偶爾會吐露她心情不好，好像是跟她家裡有些不愉快的事情有關。

「嘿！曉玫，妳也加班呀？很晚了吶！」

王曉玫的臉頰灰黑又暗沉。反正她向來都這種表情，所以李芳君不以為意，擦擦手：「先走了，掰！」

說完，她自顧踏出去，繼續加班，等完成報表工作，已經十點多了。

收拾妥當，李芳君關燈、關門……轉頭一看，對面公司整個也是暗濛濛的，她想，曉玫也下班了。

往電梯方向走時，李芳君感到背後有一股陰寒……她轉頭回望——沒人，只是，通道上的日光燈，黯淡的一閃一閃，讓人很不舒服。

唷，燈管快壞了。這樣想著，李芳君轉個彎，逕自去搭電梯。

連電梯都很怪異，等了許久才來，李芳君一腳跨進去，轉個身正要按電鈕，突然，她驚叫「啊！」一聲，整個人猛躍退向電梯牆面……

因為她眼角餘光，看到電梯角落站了個人，長長頭髮覆蓋住整張臉，樣子非常恐怖。李芳君張著大嘴，兩眼睜突的老大，眼睛都快掉出來了。

只見這個「人」，徐徐抬起手，將頭髮撥開露出臉孔，是王曉玫！

「喂！拜託，不要這樣嚇人，好不好！」李芳君拍著胸脯，喘著大氣。

王曉玫依然沒什麼表情，但眼神露出哀戚。

「吼！快被妳嚇死了，我還以為見鬼了！」

「鬼」字剛剛說完，王曉玫忽然抬起頭，張口，露出長長舌頭，雙眼流下兩道血水……但只有短短一秒鐘，瞬間她又恢復平常灰黑又暗沉的樣貌。

李芳君來不及驚叫，剛才瞬間看到的，她以為自己眼花了，只是眨巴著眼，一下皺眉、一會歪頭。

不久，電梯到一樓，門打開了，她跨出電梯。奇怪的是，王曉玫並沒有跟著走出來，她忍不住回頭，想出聲叫她……

就在這時，電梯門緩緩欲關上，她看到自己身影映在鏡子裡，正張大口，因為她發現，鏡子裡沒有王曉玫的身影。

李芳君整個人都呆掉了，無法出聲，也沒有阻擋要關上的電梯門。

等電梯門整個關上，她恍似大夢初醒般，神識都回到身上了。抬起頭，她看到電梯頂端的一排樓層指示燈，完全是黑暗的！

這、這是怎回事？我、我……我太累了嗎？

她猶豫著伸出手想按電梯，想了解王曉玫怎麼了？可是，另一股意念阻擋著她，同時，她看到自己的手，顫抖的很厲害……

終究，她還是迅速奔出大樓，趕回家去。

她完全想不出來，平常跟王曉玫算還不錯，不知道她怎會要對自己惡作劇？明天上班，一定要罵她一頓。

次日，李芳君差一點遲到，打完卡，她馬上去對面公司。可是，工讀生弟弟告訴她，早上王曉玫家人打電話來，說她不舒服今天請假！

李芳君掃興的回自己公司心想，那麼晚才下班，還對我惡作劇，當然不舒服嘍！

一整天，李芳君還是趕工作。她以為下班可以搞定的帳，沒想到就為了收支不平衡，一面對帳、一面抓帳，把時間都抓溜了。結果，還是必須加班。不過這次沒加到很晚，快八點就完成工作了。

伸個懶腰，她發現同事們都走了，只剩下黃小姐，她也收拾好了要下班。

偏偏這時，李芳君尿急。走出公司大門，李芳君看到對面公司，燈火通明。

咦？平常對面公司很少加班，今天不尋常喔。

她便走向對面公司探了探頭，這時工讀生弟弟恰巧走出來。

「你也加班啊？」李芳君笑著說。

工讀生弟弟垮著臉，點點頭，自顧往電梯方向走。

愣了一會，李芳君追上去，問：「耶！你們公司不是很少加班嗎？今天怎那麼晚？」

工讀生弟弟站住腳，回過頭來：「我們老闆說，王曉玫家的人告訴他，說曉玫死了！」

「慢慢慢、慢點，你說什麼？」

「昨天晚上八點左右吧，王曉玫在她家上吊自殺死了。」

「啊！沒……沒弄錯嗎？怎會這樣！」李芳君驚訝得心口亂跳。

讓人太意外、又震驚的消息啊。

「聽說，為了她家的什麼事，我不清楚。」

「你……你早上不是說，她家人說她不舒服，請假？」李芳君說話結結巴巴。

「嗯！剛才我們老闆工作有點問題，打電話要問曉玫，王家才說出這件事。」

「你確定嗎？」

「不信的話，妳去問我們老闆！」說完話，工讀生弟弟大跨步走了。

通道上空蕩蕩的，頂上燈光沒來由的一閃、一暗，抬頭看一眼，李芳君腦中忽然憶起昨天的際遇，她急忙忙回頭就走。

黃小姐已經離開公司了，李芳君一面七手八腳地收拾物品，一面仔細回想……

王曉玫八點上吊自殺，李芳君加班到九點多，所以，她看到的王曉玫是……？

關妥公司燈光、大門，李芳君突然想起，剛剛忘了上廁所。

愈急愈想尿，這會兒無法憋尿了，她迅速跑向廁所，口中喃念著：我沒有害她，我沒有害她。她不會來找我，不要怕……

奔入廁所，直到尿完後，一切都正常！李芳君心底稍稍安穩。

背起包包，洗著手之際，眼角餘光看到旁邊有個身影。

也許是其他公司的人。她這樣想著，裝做若無其事抬眼看著面前的鏡子，赫！

鏡子內只有她一個人的身影！但，身旁的人還在！

李芳君微張著口，慢慢轉頭……看清楚了！是王曉玫！

她頭俯得低低的，整個頭髮垂下，剛好遮住她的臉。

撕心裂肺的狂喊著，李芳君跌跌撞撞奔出廁所，一路狂奔向電梯，她拼命按電鈕，

「啊──啊──」

一面轉頭望向通道那一邊。

電梯門還沒開，通道那邊已出現了一隻腳，正欲跨出轉角。

狂跳動的心，讓李芳君都快停止呼吸了，她繼續拼命按……

終於電梯門開了，她如獲救般忙衝進去，反身迅速又按關門鈕。

電梯門緩緩關上時她這才呼了口氣，擦拭著額頭的汗水。

一股陰冷的寒氣，無風襲來，電梯的頂上燈光，突然一暗……同時，李芳君耳中

傳來一字、一頓的陰森森聲音。

──我想拜託妳。

是王曉玫的聲音！只是聲音好像一個高、一個低，分裂成怪異的雙響音色。

李芳君渾身顫慄不已，她蹲坐下去，把頭埋入兩腿中，不敢亂看，怕看到恐怖的

……因為過度駭怕，她忍不住哽泣著。

——告訴我媽。我不該這樣。我後悔極了。

李芳君用力點著頭，卻無法說話。

——我桌子第二個抽屜有錢，要給我媽。

李芳君繼續用力點頭，這會兒，她忽然發現，電梯是靜止著的，並沒有往下降啊！

——謝謝妳。

李芳君想搖頭，忽然燈光一閃，無端掃起一陣陰森寒風，一切似乎停頓住了……

李芳君完全忘了那天她是如何爬回家。不過第二天，她生病發燒請了兩天假。

同事們都說是她加班太累了，但她也不想多說什麼。

第三天去上班，一位中年婦女跟她搭同個電梯，她覺得婦女有點面熟。

跨出電梯，中年婦女也走出來，還跟她同個方向，接著，中年婦女走向對面公司。

李芳君突然想起來！出聲喊住她，問她是不是王曉玫的媽媽。

她擦著泛淚的眼眶，點頭。

原來，她今天是來收拾王曉玫的物品準備帶回去的。

李芳君徐徐說道：「曉玫交代說，她桌子的第二個抽屜有錢，要給妳。」

「她……多久以前跟妳說的？原來她早有存錢準備呀？」王媽媽泣不成聲。

李芳君也紅著雙眼，頓頓，接口又說：「她說，她不該這樣，她很後悔……」

王媽媽近乎不敢置信的睜大眼睛，沒聽到她哀泣聲，但豆大淚珠滾出她浮腫的雙眼。

李芳君點點頭，轉身踏進自己公司裡。

跟王曉玫不是很熟捻，她不想了解太多。

望著李芳君闔上了的公司大門，王媽媽喃喃自語：「說什麼……都太遲了啊！」

地下室

林民雄躺在床上，雖然睡不著，卻也不敢亂翻身，怕吵醒身旁的妻子——黃佳英。

自從決定買下新北市這棟大樓的二樓後，他和佳英都很高興，房子寬敞，價格又特別便宜，而且是他們夫婦第一次擁有自己的房子。

但是，直到兩天前搬入後，民雄隱隱間，心頭浮起濃烈不安之感。

是什麼？他也說不上來！現在，這種感覺再度襲上來……

「呼——嚕嚕……」背後忽傳來怪異的聲響——類似男聲，聲音卡在喉嚨。

民雄連忙翻轉身，類似男人的怪聲卻倏地消失。轉眼之際，民雄看到佳英的背影在床前，約二、三尺處。

奇怪？怎麼完全沒感覺到老婆下床了？還有，剛剛聽到的男人聲音，難道是自己的幻覺嗎？

這樣想著，民雄支起上半身正要出聲，突然，佳英的身影往下縮陷……短短不到數秒間，佳英整個身影縮陷得消失不見！

民雄跳下床，衝到床前二、三尺處查看。咦？這可是大樓的二樓，紮紮實實的地板、人，怎可能會往下陷？

民雄鎖緊眉心，濃烈的不安感，又襲上來——這房子有怪異！

正在此時，細微的呻吟聲響起，害民雄心膽俱裂，他急忙回頭望去。是佳英！

民雄奔回床上，觸摸著佳英，是呀！正是佳英，那麼，剛才那個背影呢？

只見佳英皺緊眉頭，要喊又喊不出聲，最後，她尖聲狂叫，冒著冷汗揮動雙手……

民雄連忙叫醒她。

佳英說她夢見一個陌生的男人，拉住她往下飛。飛掉到地下室，還硬要拉她進入牆壁間的櫃子。她不要，掙扎著大叫。

「可能是妳不適應新環境吧。沒事了，睡吧！」說是這樣說，但民雄心裡卻打了個結——地下室？

第二天，民雄下班回到家已經七點多了，一踏入家門佳英臉色慘白，渾身顫抖的說要搬家，她不想住這裡。

民雄問她怎回事?她斷斷續續的說……一整天不斷有人敲門,她出去看又不見半個人,她以為是住隔壁的的鄰居在開玩笑,因為氣不過,所以佳英跑去找鄰居。敲了幾家的門之後,卻意外發現這棟大樓的住戶,少得不像話。上下樓時,她覺得好像走在無人的另一個空間,感覺詭異又悽涼。後來,她去找大樓管理員。管理員說,他是幫朋友來代班一個禮拜,所以什麼都不知道。

「很奇怪不是嗎?我不想住這裡!」正在此時,大門響起敲門聲。

佳英大聲尖叫,抱住民雄,民雄沒來由心口大震!

他打開門,只見寂寥而昏暗的走廊另一端,一個人影閃入樓梯間。民雄很快追上去,他要揪出是誰這麼無聊?

佳英也跟著跑,奇怪的是,無論民雄走多快,人影始終跟他保持一定的距離。兩夫婦追著下樓,逕往地下室而去。

民雄大喜,心想:哼!這可好,我早想到地下室探探看呢!

到了地下室,人影突然停住。民雄兩夫婦也停腳,感到好冷!

應該寬廣的地下室,空間卻顯得窄小。還有,這地下室不但冷還幽暗!

忽然,佳英看到前方這人影的背影……他沒有腳!他是浮在半空中!

佳英腿都軟了，她想告訴民雄，但卻沒有勇氣開口……

「喂！你是小偷嗎？無路可逃了吧！。」民雄壯起膽說。

人影忽然回頭，只見他頭破血流，扭曲、變形的臉上還淌著血水。緊接著他往後退，一面退，一面身影消褪著，最後不見了……

民雄頓覺頭皮發麻，動彈不得，卻又渾身發冷。

正在此時，對面塑膠板那邊傳出聲音，似乎有許多人在說話。

原來，地下室中間以活動塑膠板隔開，這邊是車庫，卻只停了兩輛車，對面既然有人，就不必怕了。

兩夫婦對望一眼，民雄提腳向前走，佳英顫抖的跟著。

走道塑膠板前，民雄拉開塑膠板……說話聲音頓然消失了，陰暗的燈光下，只見眼前是一整排的鐵櫃。民雄停了一下子，當時他沒有多想，只是一種直覺促使他伸手，拉開其中一只鐵櫃——赫！一具頭破血流，扭曲的臉上，凝著黑色血液的男屍，躺在鐵櫃內！

他，就是剛剛那個引他兩夫婦下來，沒有腳的鬼影！

「哇——」

民雄兩夫婦撕心裂肺的狂嚎著，雙腿發軟，手腳併用，狼狽的爬向樓梯……

註：

◆原來，這棟大樓管理委員會，私自將大樓地下室出租給殯葬業者，凡是官司還沒有解決的遺體，殯葬業者一律送到這裡冰凍。

註：

◆民雄是我的大學同學，他買這間房子時，我去過一次（還好是大白天），當時我只感到這裡人氣很稀微，走在走道上，心裡會升起不安、怕怕的感覺。

◆大樓居民曾召開記者會，向管理委員會抗議，此事曾經過電視新聞報導，後續結果，不了了之，許多住戶因而搬走，民雄也只得先忍痛搬家，繼續抗議。

生靈

黃媽媽住在萬華區的一棟大樓，大樓將近二十年歷史，雖然不是很老舊，但因為住戶多又複雜，缺乏珍惜，看來又髒又破爛，尤其是電梯。

每次搭電梯時，都讓她覺得應該要請人來保養或換新的。不過，住戶那麼多，恐怕不容易談成功。

黃媽媽老伴很早就走了，兩個兒女也各自成家，所以，她一個人獨居在此，她很無奈的說：「是不是因為我獨居，血氣不旺，比較容易遇到它們啊？」

其實，也不是這樣說啦！是磁場對了，就會遇上它們。

這棟大樓，鄰近就是夜市，什麼吃的、用的都有，買東西非常方便。

一天晚上，八點多了，黃媽媽下樓買點心，又返回住家大樓。走進電梯，按下她住的樓層，電梯搖擺著往上爬升。

一轉眼，她突兀的看到角落蹲了個小小身影。黃媽媽皺起眉頭，努力想，剛剛好像沒看到有小孩啊。

但再一回想，小孩是蹲著的，身影太小，她又沒注意看，當然沒看到。

七樓到了，她跨出電梯之際，不忘了回頭看一眼——赫！電梯內沒有半個人影！

她眨眼、抹一下眼睛，喃念著：「唉唷！人老了，眼睛不管用啦！」

說罷，她搖搖頭，往自家方向走。

轉個彎，走到通道一半，她忽地看到前方，一個模樣可愛的小男孩，指頭放在嘴角，歪著頭，直視著她。唯一怪異的，是他周身線條，有一圈微微的亮光。

「嘿！弟弟，你住哪層樓呀？」

小男孩伸出雙手，張大小手掌，比出十三。

「十三樓？你住十三樓？」黃媽媽想了想。

十三樓？據她所知，十三樓有六戶統歸姓林的屋主。他自己住一間，其他五戶都是出租給人，租戶進進出出，也不曉得到底住了誰，這個男孩應該就是十三樓的租戶人家小孩。

「咭！」小男孩輕笑一聲。

「你怎麼會在這裡呢？這裡是五樓唷。」

小男孩嘻笑著跑過來，越過黃媽媽，黃媽媽跟著轉頭，看他折入轉角，等他身影消失不見，黃媽媽沒有多想，繼續往前進入自己屋內。

第三天，黃媽媽直到午飯過後，約兩點多左右才出家門。

就在她乘電梯下樓時，聽到鄰居都在議論紛紛……黃媽媽就近詢問管理員，大家都尊稱他阿伯，是發生什麼事？

「嗯？妳不知道嗎？」

黃媽媽認真的看著阿伯，等他下文。

「很多人都說，看到一個小男孩在電梯進進出出，又不見大人帶他，是不是別的地方跑來玩耍的，這樣很危險。但奇怪的是，我都沒看到過。」

「嗯？什麼樣的男孩？」

聽到阿伯形容的小男孩，黃媽媽知道他在說誰了，便說道：「他住在十三樓吧，我也遇到過呢。」

阿伯瞪大雙眼，不可置信說：「但是我整天坐在這兒，從沒看到過他。還有，如果十三樓有這樣的租戶，林先生會告訴我呀？」

黃媽媽聳聳肩，走了。管理員都不知道了，她當然更不清楚。

黃媽媽去串門子，直到六點多才回家，習慣性到鄰近夜市，買好晚餐再上電梯。

七樓到了，黃媽媽跨出電梯，通道都沒人。

這時間，大部分的住家都在自家裡面，少有人會進出。

一樣的通道，平常都一樣的進出，為何今天會沒來由地感到有點淒寂？

轉過轉角，黃媽媽赫然低叫一聲：「哇！」

因為，她沒料到，轉角不遠的地上，有一團小青光！黃媽媽仔細看去……

小青光約只有半尺高左右，這一團幽幽的、暗青色光芒中，赫然蹲坐著個小小孩背向著她！普通的小孩，絕不可能只有這麼丁點大，所以，它是？

黃媽媽的喊聲，讓小小孩徐徐轉回頭、同時小臉也往上抬……

他，周身線條是一圈暗幽幽、青色光芒，連帶的小小臉上也呈現出青光，它沒有眼睛，應該是眼瞳部分，只有兩個青色眼洞，直盯盯的望向黃媽媽。

「啊……」聲卡在喉嚨裡，黃媽媽喊不出來，只驚嚇得往後退！

緊接著，她往後跌得四腳朝天，驚嚇得渾身冒冷汗，手上晚餐也掉落在地。

剎那間，半尺高的青光，乍然而滅。

猶豫了許久，她鼓起勇氣爬起身，連忙往自家大門走。

快走近大門時，黃媽媽突然想起——掉在地上的晚餐。於是，她轉回頭……赫！

那團小青光又出現了！而且，小小孩不知何時站起來，正一步、一步的逼近。

黃媽媽再也顧不得晚餐了，她三步併作兩步，直衝向自家大門，掏出鑰匙，心慌手抖的想打開門，偏偏這會兒鑰匙對不上匙孔。黃媽媽狂冒冷汗，整張老臉，好像瀑布洩洪般，全打濕了。

管理員阿伯聽完黃媽媽的敘述，問道：「所以妳的意思是，遇到鬼了？」

黃媽媽心有餘悸地猛點頭：「我看的一清二楚，那個小男孩的長相，跟我上回遇到的一模一樣。阿伯，你要到十三樓去問林先生……」

「唉唷，我昨天才見過林先生，他說：『哪有，他沒有這樣的房客。』」

根據阿伯所說，這棟大樓，二十多年來都乾乾淨淨地，不曾發生過什麼詭異事件，所以這件事，就這樣不了了之。

過了一個禮拜之後，黃媽媽接到阿伯的電話，請她下樓一趟。黃媽媽依言下樓，看到大樓中庭有人正在搬家。

阿伯看到黃媽媽，告訴她：「耶，妳說的沒錯，十三樓林先生的房客搬來了，這家姓陳，有個小男孩。」

黃媽媽想起那天的際遇，整顆心都糾結成一團：「他們，現在才搬來？」

「對啊！」阿伯點頭說：「妳等一下看看，是不是妳見過的小男孩？」

升起的一個念頭，讓黃媽媽很想馬上上樓去，但又禁不住好奇心的驅使，有半尺高的小小男孩？不可能吧！

正自猶豫間，電梯門打開，一個婦女跟個小男孩跨出電梯，阿伯上前打招呼：「陳太太，妳也幫忙搬啊？」

陳太太溫柔、婉約的樣子，看來就是賢妻良母型：「沒有，我哪搬得動？這孩子不想待在樓上，硬是吵著要下來。」

阿伯替雙方引見，黃媽媽跟陳太太打個招呼，直直望向小男孩。

他穿著格子上衣，牛仔褲，六、七歲左右，黃太太看清楚他的臉，不禁倒抽口氣！沒錯！他就是黃媽媽遇見過兩次的小男孩！

一整個晚上，黃媽媽輾轉難眠，始終想不透為何陳家都還沒搬進來，小男孩就出現在這棟大樓了？

還有，小男孩第二次出現時，伴隨著的那團暗青色的、幽幽光芒，他只有半尺高耶，那是什麼？又該如何解釋？

黃媽媽得不到答案，卻也不能隨便亂問，更不敢去問陳家人，這件疑團就這麼擱在她心裡。

不過，再來她進出家門或是搭電梯時都會特別小心，大部份會等到有其他住戶要上樓時，才跟伴一起搭電梯。

平靜的日子，就這樣過了一個多月。健忘的黃媽媽，逐漸不再那麼忌諱單獨搭電梯了，畢竟這棟大樓她已經住了快二十年，就又恢復了她原本的習慣。

有一天，黃媽媽想去菜市場，一大早就出門。

當電梯到達七樓，她跨進去，眼光和一個小男孩對上了，心口忍不住「咚！」的一跳，等到一旁的陳太太出聲跟她打招呼，她才定下心。

黃媽媽看一眼陳小弟，笑問著陳太太：「我要去菜市場，想早點去。妳呢？妳要去哪呀？」

「嗯，我要去醫院。」陳太太聲量低微地說。

「喔！弟弟感冒了？」

「嗯……」陳太太低眼望著孩子，敷衍似的隨便應答。

黃媽媽看的出來，陳太太不想說太多，所以她也不想問，畢竟跟對方不熟，不過，她注意到陳小弟無精打采的小臉上，一片暗青色。

一天晚上，大約八點多黃媽媽回來，電梯升上七樓，電梯門一打開，一個小孩子頭垂得低低的擋在她面前。

只看一眼，她便認出來，遂開口：「陳小弟，你怎會在這兒？你……」

話未說完，陳小弟忽然轉身，奔向一邊通道。黃媽媽走出電梯，看到他背影，有一圈暗青色微光。

霎時，黃媽媽錯愕的站住腳，一會兒，她腳步略快的追上通道，再轉彎……呃！前面沒有半個人影！

她心中升起百般狐疑，不解到底這是什麼狀況？呆了好一會兒，她轉身按開電梯，直上十三樓。

她幾乎很少到這樓層來，只見這裡又暗又髒又亂，她想：屋子租人，都會這樣吧？

她逐一尋找，終於找到了大鐵門上，掛著「陳」的那一戶。

敲開門，是個年紀近四十的男人，他的臉跟陳小弟有點相似。

「請問，陳先生嗎？」

「是，是呀！請問妳是？」

「我是七樓黃太太。」黃媽媽兩眼探視著陳家裡面。

「黃太太，妳好。有什麼事嗎？」

「很抱歉打擾你。我剛剛搭電梯，在七樓通道遇到了你家小弟。」黃媽媽很難形容那情況，也不知該怎麼說？

陳先生皺起雙眉，偏頭，遲疑著。

雖然不知該如何開口，還是要說呀，黃媽媽吸了口氣，慢慢說：「我被他嚇到了，之前就被嚇了好幾次，我想跟你說，不要讓他玩電梯……」

陳先生打斷她的話：「不對啊，我兒子哪可能玩電梯？黃太太，妳看錯了吧？」

「不可能，以前我們那層樓，都沒發生過這種事。對了，其他樓層的住戶也看到過陳小弟。」

陳先生的臉，翻轉成白色，但口氣還是很客氣：「我們搬來才一個月，你們到哪看過我兒子？」

「陳先生，我不會無端來找你麻煩，不信的話，可以去問管理員阿伯。」

「黃太太，我兒子在醫院裡，他不可能跑到妳家七樓。你們一定是看錯了。」

黃媽媽當場傻眼，結果是灰頭土臉的下樓回家。

後來，她去問管理員阿伯，據他說，陳小弟罹患了一種罕見病症，病名又長又饒口，阿伯說不清楚，黃媽媽也記不牢。而且，據說這種罕見疾病，還會影響到心理。

但這樣三番兩次被嚇到，好好的住家，每天過得戰戰兢兢，腦神經都衰弱了，黃媽媽真是有苦說不出！

後來，黃媽媽去看醫生遇到一位歐巴桑，跟她攀談起來。歐巴桑說她之前遇到不乾淨的東西，生了重病，經人介紹去找道行很高的道長，現在狀況改善很多。

「妳知道嗎?那種不乾淨的東西會幻化，妳根本不知道它真正面目是什麼，但是道長可以看出來。我勸妳，趕快去找道長，錯不了的!」

接著，歐巴桑給黃媽媽道長的地址。

黃媽媽猶豫了很久，加上女兒不斷催促，還堅持要陪她去，兩人便一起去找道長。

黃媽媽細敘罷，問到:「道長，我遇到的鬼，會變大變小，太恐怖了!」

沉吟好一會，道長徐徐說:「妳遇到的，不是鬼!」

聞言，黃媽媽和她女兒都驚訝的看著道長。

「通常人死後，肉身沒了只剩下魂魄，這是道家講的;依佛教的說法，它是『中陰身』;一般人則稱它是鬼。」

「請問道長，我媽遇到的是什麼呢?」

「我還不能確定。」

黃媽媽跟女兒對望一眼，女兒接口:「道長，我媽媽已經不勝其擾了，現在要怎辦?還請道長指點迷津。」

「嗯。我得到現場看一下，才能確定。」說罷，道長略為收拾一下，就跟黃媽媽一起到住家大樓。

道長拿出一只小盤，有點類似羅盤，盤面上劃分出陽、陰兩邊，上面一根銀針，到了七樓時，竟然開始轉動起來。尤其是電梯通道上、轉角處，轉得更快，但近黃媽媽家門時，銀針停住了。

道長點一下頭，轉問黃媽媽：「黃太太，妳說小男孩住十三樓，可以上去看看嗎？」

黃媽媽頷首，三個人到十三樓，跨出電梯，銀針轉得更厲害了，不管走到哪個地點，銀針一直沒有停過。

道長看到銀針都在陰面這邊打轉。

「道、道長，這是怎了？」黃媽媽心有畏懼的問。

道長沒有開口，只示意要下樓。

到了七樓，黃媽媽住家裡面，她女兒忙泡茶奉上，道長呷口茶，徐徐說出……。

「十三樓陰氣磁場很強。表示這個樓層，進、出的人很頻繁，這當中，有些人棄世後沒有離開，徘徊在那裡。」

黃媽媽聽了回想一下，沒錯，林先生的房客們，曾經有親人走了就搬遷離開，而且不只一戶，應該說十多年來，進進出出的房客不下十多戶。

道長說的更詳細：「租住的房客，一部分因緣使然剛好住進去，也剛好長輩年紀大，世壽盡了；另一部分，是因為陰煞太重，人氣衰弱時容易遇到陰煞，導致壽命不保。而這些因緣，人是無法左右的。」

「那怎辦？我媽是不是該搬家比較好？」

「那倒不必。所謂各人氣數不同。」

「道長，遇到那個小鬼要怎辦？我會害怕。」黃媽媽說。

「妳放心，我給妳兩道符咒，一個貼在大門，一個妳隨身攜帶這樣就可以了。」

「道長，我覺得很奇怪的是……」黃媽女兒問道：「那個小男孩又不是死了，怎麼會出現？」

「這就是我們所稱的『生靈』。他是小孩子，又有病，氣血衰微，容易受到陰煞的影響。」

「可是，陳家搬來之前，我就遇到過陳小弟的……生靈了。」

「請問妳，他病了多久？」

黃媽媽搖頭。

「羅患這種罕病，有些是從小就有病，從小就進出醫院，在醫院裡，陰靈特別多，我們不知道他會遇到什麼樣的東西。」

「嗯！沒錯。」女兒點點頭。

「通常，這種生靈，會有「先知」能力。例如，他知道跟這裡有緣，會先來這裡晃晃。」

「啊！所以不只是我，其他樓層的人也看到過他。但是，我遇見他的次數比較多。」黃媽媽接口說。

「媽，既然他不是鬼，又有了道長的符咒，妳就不必怕了。」女兒說：「如果妳還怕，可以考慮搬家呀。」

「事實上，也許那個男孩，不久會搬遷那就沒事了。」道長說。

自從道長給黃媽媽兩道符咒後，果然改善許多，她沒再看到過小男孩的生靈。

最後，就像道長說的，陳家住不到一年也搬走了。

圖書館有鬼

有一陣子，夏明青失業了，他又不肯讓家人知道，每天早上依舊按時上班，但他是到圖書館報到。

可以說，他是跟著圖書館員一起上、下班。有時候，還得跟家人說，他要加班，因此，偶爾會更晚回家，差不多要到九點。

說起來，會找上圖書館也是意外，之前為了公事他來找資料，才發覺圖書館是個好地方。更好的是，圖書館為了便民，竟然到晚上九點才關燈下班。總之，他再也找不到比圖書館更好的去處了。

這一天，他不想太早回家，又「加班」了。

他面前攤著一本書，坐在窗口邊，看累了就起身走動一下，到書架上溜溜，再到飲水機喝個水，翻翻報紙尋找徵人啟事。不知覺間，夜色掛了下來，許多人都走了，只剩下稀疏幾個人。

夏明青扭動一下脖子，正想著要不要先去吃個晚餐再進來？

忽然，面前黑乎乎的窗口外，有……有什麼東呀？

夏明青凝眼望去，喔，一個男人就站在窗口外，他跟夏明青對望時，緊閉的嘴角微微露出一線弧度。狀似在跟他打招呼，夏明青是這樣認為，因此他也淡然的點一下頭。

這個男人的臉上有一道疤，從額頭直刮下來，劃破了鼻梁。當夏明青跟他點頭之際，男人臉上的疤剎那間冒出血水，噴灑了整張臉。同時，他的臉孔扭曲起來，雙眼突出，嘴角整個歪斜的很厲害。

夏明青一見立即起身，回頭下樓，跑到六樓去找圖書館員。

「不、不、不好了，有人受傷，額頭在流血。」

館員小姐也吃一驚，問：「在哪？發生什麼事了？」

「我不知道，就看到他流血，在窗外。」

「哪個窗外？」

「七樓！」夏明青指出他坐的方位。

「你……會不會看錯了？窗外？七樓窗外能站人嗎？」

夏明青這時才恍然想到，對呀！

向館員小姐道歉之後，夏明青又跑到七樓的座位，打開窗口探頭望了望外面。

是有窗沿、屋沿，但寬度卻不到一尺，根本沒地方讓人站。說他看錯了，還真讓他很不甘心，他眼睛沒這麼差吧？

事實上，夏明青依他男人的思考邏輯，認為鬼類都是人幻想出來而已，只要不理它就好，它不可能造成什麼困擾。

哪知道，這個想法，正是他的致命傷！

用罷晚餐，他再進入圖書館原座位看書。這時，人大多快走光了，剩不到幾個人，寬闊的圖書館顯得更冷清。

再五分鐘，圖書館就要關燈了，剛才已經廣播過，夏明青收起簡單的公事包，還預備把書放到書架……

——看的到我，對吧？你看得到我？

一個細微聲音鑽入夏明青耳裡，他轉頭四下望望，附近都沒有人，尤其是面向窗口的幾個座位全是空的。

——這裡，我在這裡啦！

這次聲音更響，夏明青轉頭往後看、左右看，怪了，他周遭都沒人啊？怎麼回事？

忽然，部分燈光暗了下來，原來時間到，圖書館關燈了。

室內暗時，窗外的顯影會更清楚，夏明青看到窗外，站了個人——就是那個臉上有疤的男人。

這會兒，夏明青已經知道窗外的它，不是人。因此，他連忙垂下眼就當做沒看到，抓起公事包，他離開座位下樓，步出圖書館。接下來幾天，他都不想到圖書館去，怕又遇到什麼鬼東西。

夏明青到外面速食店、咖啡屋、便利商店遊蕩了將近一個禮拜，既傷荷包，環境又雜亂。而且過了一個禮拜，『怕』感已經被淡化了，夏明青最後還是再去了圖書館。

猶豫許久後，他依然挑選之前坐面向窗口的位置，因為這裡比較安靜。

今天不想「加班」，看一下手錶，六點多。他準備再待一會兒，吃個晚餐再回去。

——看的到我，對吧？你看得到我？

耳中忽傳來細聲，夏明青一怔，眼睛更專注地看著面前的書。但是，書上的內容完全沒進入他腦中。

——這裡，我在這裡啦！

夏明青旁邊坐了個中年女士，他轉首開口問：

「請問……妳剛才有聽到什麼聲音嗎？」

「沒有。」女士淡然看他一眼，搖頭。

「奇怪，我好像聽到有人……」他話未說完，中年女士拿起書就走了。或許她以為他想搭訕吧？

女士離開後，夏明青也收拾著桌上東西，忽然窗口傳來輕微「叩叩」聲。

他一直告訴自己，別看！別看！就當作沒聽到、沒看到！

忽然，玻璃窗下方，伸出一隻手。

看不到手實質的手掌、手肉，只有線條，線條裡、外都是透明的，可以透視到桌面、書、文具物品。

手繼續伸向前，作勢要拿夏明青桌上的筆。

它想幹嘛？這一來，夏明青無法再當作沒看到它，他伸手想拿回書和筆，但透明的手仍繼續伸向前。

兩隻手，一隻是人手、一隻是鬼手，相觸的霎那間，觸電的感覺，由手指，迅速傳導到夏明青底手臂、身軀。

接著，夏明青整個人透體陰寒，竟也影響了他的記憶……

整個人空白了多久？不知道！

為什麼沒有印象？不知道！

好像完全沒有負擔，輕鬆中隱隱透著冷寂、陰晦。

看到地上的黑色公事包，俯身拾起公事包，記憶才逐漸回到夏明青腦裡。

呵呀！失業了。然後，每天去圖書館報到，現在呢？

他看看手錶，下午三點多。去吧，去圖書館看報紙，找人事欄的徵人啟事。

模糊的腦中這麼一轉，他立刻去圖書館，拿一份報紙到七樓，到常坐的面向窗口的座位，認真看著尋人啟事。

結果，還是失望了！

沒有適合他需求的工作，上面所刊載的，幾乎都是徵求保全，不然就是打工，要不就是飲食攤的助手。

雖然失望，他還是不死心，繼續盯著報紙，從頭再看一遍！

直到圖書館關燈了，他才踏著夜色回家。

才到家，他看到妻子垮著臉，臉色暗沉，一雙彎月眉，打了死結般的緊皺著。

深吸口氣，夏明青徐徐開口，說：「妳是不是知道了我的祕密？」

妻子嘆口長氣，彎月眉皺得更緊。

「看來，妳知道了我的事。沒錯，我被老闆炒魷魚了。」夏明青接口，說：「不過妳放心，憑我的能力，我一定會找個更好的工作。」

妻子沒出聲，夏明青擔心她不相信，又說：「抱歉，這段日子，我騙了妳。不過，我是怕妳擔心。」

妻子依然沒有接話，她轉首，向兒子道：「小心點，不要把飯粒掉的滿桌。」

夏明青轉望兒子，兒子聽話的把掉在飯桌上的飯粒，一顆顆撿起，放入碗裡。

「對了，這樣才乖。」妻子說。

「哈哈，小泉最乖了。爸爸喜歡乖小孩。」

兒子小泉，轉頭看他一眼，低聲說：「爸爸說過，我乖的話要買超人玩具給我。」

「喔！對，對，爸爸差點忘了。」夏明青思索一下，接著放低聲音說：「爸爸找到好工作，賺了錢，一定、一定換買超人給你。」

說完，看到兒子、妻子繼續吃飯，夏明青也放下心了。他相信，天無絕人之路，就怕不努力。

接著幾天，夏明青更勤到圖書館，更努力找工作，尤其是，他幾乎天天「加班」，每天都待到圖書館關燈了，才踏著夜色回家。

只是，有一點他不太明白，為什麼對圖書館，他有特別深的眷戀？每次要回家時，都會升起一股深深的、不捨的特別情懷？

這一天，他也是加班到九點，走到電梯前，看到電梯停在一樓，他懶得等，便折向樓梯準備走樓梯。

在樓梯轉角處，遇到一個很面熟的男人，就是想不起在哪見過面。

「嗨！你好。」男人主動跟夏明青打招呼。

夏明青點點頭，好心的說道：「圖書館已經打烊關燈了。」

男人笑笑，說：「我要謝謝你。因為有你，我可以離開這裡了。」

「嗯？」夏明青不明白他的話意，只淡然的點頭跟男人擦身而過。

忽然，這個男人，迅快無比的爬上梯間轉角的窗口，往窗口一躍而下！

「啊——」男人的沉悶喊聲，夾雜著玻璃的碎裂聲驚悚的劃破夜空。

耳中聽到這喊聲，但夏明青連阻擋都來不及，眼睜睜看他跳下去。他連忙探頭往窗外望去，窗口玻璃破了，破處留下血跡。

只見窗口外面的一樓，很熱鬧，微有唱誦聲傳來。

他不知道怎回事，呆了一會兒。突然間他想起來了，這個男人是之前在窗口外出現的，臉上有一道疤痕的男人！

原來，他臉上的疤痕，是這樣留下來的。

夏明青很快的下樓梯，想替他求救、或找一一九救護車之類的。

到了一樓，唱誦聲更清晰，可是沒看到那個跳樓的男人！

一樓，只看到一堆火、一位道師，還有……還有他的兒子，捧著一只大大的相框，還有，他的妻子依序跟在道師後面，繞著火堆打轉……

怎回事？

夏明青莫名其妙的看著這一切，他的兒子、妻子眼中含著豆大淚珠，一面走、一面哭叫：「爸爸！回來！」

「明青啊，你回來，回來吧。」

「喂！怎回事啊？我在這兒吶！」

一行人，沒一個理他，轉向正面時，他赫然看到兒子手中捧著的是他的黑白照，上面打著黑色蝴蝶結。

這……這是說，我、我、我死了嗎？

念頭這一轉，剎那間夏明青整個人癱軟，化成一股黑煙投向道師手中的一個小爐……

註：

◆幾年前，有一位也是失業的人，從圖書館七樓跳下自殺。當時，一樓曾拉起黃色封鎖線。那天，筆者較晚離開圖書館，有看到黃色布條，但不知道是什麼事。

◆相隔一、二年之後的某天，筆者去圖書館，看到一樓又圍起黃色封鎖線，聽說是發生意外事件。

◆為什麼有些人不會遇到它們呢?據說，還得看個人磁場。還有，當人失意、精神頹敗時，很容易遇到、看到它們。

還有，鬼類跟人一樣，也有衰敗的時候，尤其是遇到陽氣旺盛，或各方面都得意的人，它們也懂得躲避，不然吃虧的可是它們唷。

◆後來，筆者再去圖書館找資料，認識夏太太，她親口告訴筆者，這起事件。

那陣子，夏先生連接幾天都沒有回家，她撥電話去公司問，公司的人告訴她，她才知道先生早在幾個月前就失業了。

於是，她只好去報警尋人，經過警方搜尋，請她去認屍，才知道這起墜樓主人，赫然是她先生。

後來，警方會同夏太太，找館員確認時，館員談起之前數月，夏先生常去圖書館，還到櫃台說有人在窗外受傷。

然後，有一天晚上八點多，有讀者看到夏先生往樓梯間走，看那樣子就像有人牽引著夏先生似的，他動作怪異、還往身旁側著頭，嘴巴喻動不已。

頭七那天，夏太太夢見她先生，臉容黯墨，直向她鞠躬、賠罪，說他對不起她和兒子。

二七那天，夏先生又來入夢，面容猙獰，咬牙切齒的說，他原是不得已，可恨的是被它拖累，他不甘心被抓交替……云云。

夏太太非常傷心，有空或想念夏先生時，總要會到圖書館走走。她堅信，她先生還在那裡流連、徘徊。

嘿！聽到這些話後，再來筆者就少去那間圖書館，不到萬不得已，必須去找資料、借書時，總記得最重要的一件事：

趁天色還明亮著時，趕快回家！

2

租屋鬼事件

吊死鬼

莊晨福是海洋大學的學生，他想另找間大一些的房子，加上租約到期，所以在學期結束前，他就開始找房子。

很幸運的，他在××社區，找到一間寬敞又便宜的房子，房東告訴他，包括客廳、陽台、廚房他都可以使用。

這間屋子有三個房間，莊晨福租的房間靠近山邊，他看了房間相當滿意，便問道：「李先生，請問我什麼時候可以搬進來？」

「簽約後，你隨時都可以搬進來。」

學生租屋，不成文的規定是雙方簽約時，必須給房東一整個學期的租金，加押金，雖然尚未開學但學生可以提早搬進來。

「好，那我們現在就可以簽約了。」莊晨福立刻說。

因為之前那間已經解約了，他也想早些搬過來。

於是，兩人簽約後，雙方一手交錢、一手交鑰匙，房東李先生就離開了。

這時，已經是下午三點多。

莊晨福瀏覽一下整間屋子，光線好，又寬敞又安靜，太好了！

他滿意的頷首，準備去舊屋，搬東西。

在他走到大門口時，忽然「碰」一聲，讓他嚇一跳。

這聲音不是很響亮，悶悶地，似乎是什麼軟軟的重物掉到地上。

莊晨福頓了頓，四下走一遍，又進入他租的房間看看，整幢屋子還是安靜的。

他想，應該是樓上或樓下的人吧。重新鎖上大門，莊晨福離開了。接著，他把所有的家當，陸陸續續搬過來。

雖說是學生，但東西也蠻多的，尤其是書、講義、電腦。還好房東附床、桌、椅，要不然就更費事了。

等東西搬妥當，已經晚上八點多了。

這時，手機響了，莊晨福接過來一看，是同系兼死黨的黃柏杉，問他到底在幹嘛？

「唉呀！糟糕！」

莊晨福這才想起今晚七點跟他有約，但因為了找房子、搬家，竟然忘了這件事。

「抱歉，抱歉，我忘了。我現在正在搬家。」

莊晨福告訴黃柏杉新家的地址，黃柏杉聽了，說道：「你還沒吃晚飯吧？不然我買晚餐過去跟你一起吃吧！」

為了表示歉意，莊晨福立刻說：「我看這樣好了，你來我這，我到樓下等你，我們到外面用餐，我請你。」

用餐時，莊晨福不斷吹噓新住家環境好、租金便宜、又寬敞、視野又好，惹得黃柏杉忍不住說想去參觀、參觀。

餐罷，兩人進屋。打開房間的門，莊晨福和黃柏杉不禁面面相覷。因為書桌上的電腦，竟然是打開著的！

剛搬進去整個房間亂成一團是必然的，因為莊晨福尚未整理，更不可能會將電腦插上電啊！

「怎……怎麼可能啊？是電腦有問題嗎？」

「你租這屋子果然不錯，電腦會自動開機耶。」話罷，黃柏杉轉頭故意往客廳方向笑道：「喂！幹嘛不順便整理一下東西啊？」

許是太過於安寧還是什麼原因，說不出來，總之莊晨福的心，忽升起一股沒來由的不安感。

新學期開始後，莊晨福住進新租屋。

但住進去後才發現，整幢三十多坪的房子，就只住了他一個人。雖然有點意外，但沒想那麼多！而且，沒有人吵擾，還覺得更安靜更好。

開學後第五天，莊晨福跟同學討論課業，回家時很晚了。

他打開大門，先去上個廁所再進房。經過客廳時，他意外發現靠近大馬路的那一間關著的房間，從門板底下透出光線。

這表示……裡面有人！

他歪著頭想了一下，聳聳肩膀，想道：也許有其他人住進來了，也或許是房東後來另外租出去了。

不管怎樣，他自己的範圍只有靠山邊這間房間，其他的事，他無權過問！

就在他拿出鑰匙打開房門之際，忽聽到身後傳來房門打開的聲音，同時看到有光線由背後照過來。

於是，莊晨福轉回頭。

果然，靠近大馬路的那個房間被打開，一位瘦、高，戴著眼鏡長相斯文的人，當門而立。

看樣子，他應該也是學生吧。

「你好，我是莊晨福，海大航管系三年級。請問你是？」

「我姓賴，賴裕元，也是海大，食品製造系大二生。」

「喔！太好了，原來是同校。」頓頓，莊晨福不解地反問：「你什麼時候搬進來的？我都沒看到你啊。」

「我很早就住在這裡了，歡迎你一起住。」

點個頭後，莊晨福自顧進房去了。

進入房內後他才突然想到，剛剛看到賴裕元，他動作、表情非常僵硬，尤其他的脖子處，好像有一條什麼東西？

不過，看他長相蠻斯文的，況且還報出姓名、科系，既然都是同校就更好了。

已經很晚了，明早還有課，睡了。

只是，一整夜莊晨福都睡得不安穩，不知是夢？還是真實？就覺得有人在屋內走動，一下是客廳、一會是陽台、廚房，害他隔天醒過來時，感到很疲累。

第二天，晚上回到家，賴裕元的房間是暗的。

睡覺到半夜時，莊晨福又聽到有人在屋內走動的聲音，先是陽台、廚房；接著是客廳；最後，好像停頓在他的房門口。

莊晨福只感到渾身極度不舒服，翻來覆去都難受，耳中依稀聽到似遠又近的聲音：

——來跟我一起……我來找你了……

最後，他實在忍不住了，驀地翻身而起坐在床沿時，他看到關著的房門口底下，出現一道怪影。

是身影會很扎實，但這影子線條模糊，線條當中像是一團霧氣般的不實在。

但，這會兒，莊晨福沒仔細辨認，直覺是覺得有人站在他的房門口。

他立刻下床，走到房門口，打開門！

一個高瘦人影，當門而立，整張臉歪斜、扭曲，他眼鏡破裂、歪斜的吊掛在臉上，露出暴突、充滿血絲的左眼，嘴巴歪斜地吐出長長舌頭。脖子底下，套著一根粗製的塑膠繩。

而它伸長的瘦雙手，直逼莊晨福，好像要掐他的脖子……

「啊——」慘嚎一聲，莊晨福整個人暈過去了。

麥當勞的靠窗座位，坐著三個人：莊晨福、黃柏杉，劉豪年。

「好不容易找到當事者。」黃柏杉向莊晨福說著，食拇指向劉豪年一比：「喏！你自己問他。」

原來，劉豪年是食品製造系四年級生。

「可是，」莊晨福吶吶地看著劉豪年：「他親口說，他是大二生。」

劉豪年用力點頭：

「沒錯！兩年前，我們都是大二生，我跟他同系、同年級。還是他介紹我跟他同租那個房子。」

接著，劉豪年詳細談起，兩年前的事件：

三個房間，劉豪年住靠近山邊，也就是莊晨福住的這個房間，賴裕元住靠近大馬路這間，房東住另一個房間。

通常，房東都很早起床到山上去運動。一天清晨，房東起床在準備出門時，耳中聽到好久一陣怪聲：「啾啾，嘰嘰。」

他沒在意，準備妥當就出門去了。

再說劉豪年睡到快十點才起床，他要到浴室梳洗，經過廚房與陽台時，赫然驚見廚房門框，垂著一根綁了好幾圈的塑膠繩，緊緊套住賴裕元的脖子，他歪斜著頭，舌頭伸的好長。

這一嚇，劉豪年差點把魂給嚇飛了，他二話不說，慌亂的上前，把賴裕元給解下來。

但是，他兩人身高有點差距，劉豪年費了好一番功夫，還是解不開套得死緊的塑膠繩，他只好回頭，找了把剪刀把繩子給剪斷。

想不到，賴裕元因此掉下來，發出沉悶的「碰！」聲響，連帶也讓賴裕元的眼鏡，碰歪斜到左臉。

就在這時，中午十一點多，房東正好也才回來。

兩人很快打一一九救護車，火速把賴裕元送到醫院，可惜，已經回天乏術了。

那一天，劉豪年到學校才聽系上同學說，賴裕元的女友跟他鬧分手，他心情鬱悶了好些天，想不到那天早上，他打手機給女友企圖挽回，但女友堅定的拒絕了，所以他才走上絕路。

後來，房東談起清晨聽到的嘰啾聲音，竟然是鬼聲，亦即說，鬼界早知道賴裕元將死，已經尋來抓人了！

接著幾天夜裡，劉豪年睡到半夜，常被一聲沉悶「砰！」聲響給嚇醒過來。

還有，半夜裡經常聽到客廳、屋內，到處有走動聲響，卻看不到人。

勉強住到月底，劉豪年再也無法住下去，寧願損失幾個月的租金，跟房東談妥後趁早搬走了。

想不到，連房東也另外找地方搬走了，所以整層樓空了好久。

後來，有其他同學承租後。據說，在半夜會聽到腳步聲，甚至半夜有人敲他們住的房間，打開門又不見有人。

還有人說，亡者幾次都現身，跟同學們說：

——來跟我一起……我來找你了……

幾乎所有承租的同學，住不到幾個月，都逃之夭夭。

這件事鬧得很大，校園內很轟動，大家都知道那間出名的鬼屋。

莊晨福知悉了這件事情後，當天回去住家時心理直發毛，稍有些微聲響，他就心驚膽顫。

畢竟，人是無法跟鬼類一起住在同個屋下，他很快跟房東聯絡，也急急搬走了。

火焰中的女鬼

蔡麗娟看到這間寬敞又便宜、又舒適的套房，立刻向房東下訂金。

她沒有多少家當，只跑了幾趟，很快的行李就都搬妥了。

她滿心歡欣的整理行李，竟然不知時間飛逝，等到肚子咕嚕嚕作響，她才抓起手機一看，哇！已經快八點了。

於是，蔡麗娟把尚未整理的衣服暫時放一堆，想先去用晚餐。

她站起身不經意轉眸，忽看到床尾靠牆上面一扇窗戶半開著，她走近伸手想關窗。卻被突如其來的被一張臉給嚇了一跳！

原來，這間位於三樓套房窗外，是一道大樓與大樓的間隙，以眼測看來距離不超過兩台尺，相距很近。還好房東在窗外多加了一副鐵窗，所以安全無虞。

她看到對面大樓站了個女生，嘴角掛著淺笑。雖然不認識她，礙於是鄰居嘛，所以蔡麗娟也回她一個笑：「妳好，我是剛搬來的，我姓蔡，叫麗娟。」

除了嘴角牽出紋路，女生臉上是一副木然神情，她沒有回話，也沒有什麼表情。肚子再度咕嚕嚕響，而對方又沒任何反應，於是蔡麗娟便點點頭，輕輕關上窗戶，去吃晚餐了。

說真的，這種地點能租到這模便宜的套房，實在太讓她意外。南京東路耶，還是在二段附近！

隔天去上班時，蔡麗娟忍不住跟同事吹噓一番，還惹得同事羨慕極了，一再追問，房東還有空房嗎？

「嗯，不知道唷，我可以幫你問問看。」

「一定要幫我問喔，我現在住的那間，又貴又狹窄，實在是……唉！」

下班後，蔡麗娟大多在外面用完晚餐才回租住處。因此，她回到家通常都很晚了。有時加班，會更晚到家。

這天，她加班，回到家已經將近十一點了。

梳洗完畢，一切準備就緒正想上床，才躺下去蔡麗娟就突然跳起身。

床尾靠牆上面，那扇窗戶外面紅通通一片！

天啊！發生火災嗎？怎、怎麼辦？趕快通知……通知誰？一一九？不，還是通知櫃台管理員。

想到這裡，她抖著手抓起床頭櫃上的電話，一時之間卻忘了櫃檯的內線電話，想了好一會才記起，電話寫在床頭櫃小几上。

電話響了好久才有人接，蔡麗娟慌得近乎結巴，說出這裡發生火災。

「喔？是嗎？妳幾樓？呵……」

蔡麗娟差點昏倒，這麼火急重大事件，管理員竟然一副無所謂樣子，還打哈欠。

「請你趕快通知消防隊，拜託。」

「小姐，請妳看清楚一點，好嗎？」

蔡麗娟轉眸看窗口，火似乎愈燒愈旺，她更急了，忍不住罵道：

「你快點好不好？你上來看看，萬一燒死人你負責嗎？」

對方突然掛斷話線，蔡麗娟氣得七竅生煙，想衝下樓去罵人。

這時，才忽想到自己穿著睡衣吶！於是，她抓過一件外衣披上身，這時門鈴響了，是管理員上來。

看他這麼盡職，蔡麗娟也就算了，請他進房來，他還打個哈欠，問：「哪裡？哪裡火災？」

「這裡！」

蔡麗娟手指著床尾，卻赫然頓住了，窗外一片漆黑不見任何火光。

她疑惑的跑去開窗往外探視，誰知管理員突然往後退到房門口，雙手直搖：

「不！不！不要開。」

太慢了，窗口大開，襲來一股涼冽寒風，好像整間套房都在飄盪。

「快呀！趕快關上窗戶，快！」

蔡麗娟轉頭看到管理員臉色發白，她徐徐關上窗子。

「沒事嘍，我就知道是妳看錯了吧。妳姓蔡嘛，蔡小姐妳早點休息。不要隨便開窗戶。」

看著逃之夭夭的管理員背影，蔡麗娟心中浮上千百種疑惑。

今晚沒加班，但蔡麗娟喝了杯咖啡，晚上睡不著。於是，她斜躺到床上，看著言情小說。

「喀喀……」

她放下書，尋找著敲擊聲來源……隔了好一會，又傳來敲擊聲。

她發現，是窗口！有人敲她床尾的窗口！

思緒灌入蔡麗娟的腦袋，她想道，奇怪？兩棟大樓相距雖近，但想敲這棟房的窗口，加上鐵窗，似乎有些困難度哪！

這時，窗口再度傳來敲擊聲。可以確定是窗口有人敲擊，蔡麗娟又想，難道是用竹竿、木棍之類的敲窗口？

想到此，她忍不住下床，打開窗。

嗯？是上次見到的對面女孩，她嘴角牽出紋路，臉上還是一副木然神情。

「嗨！妳還沒睡？我也睡不著哩。」

忽然，天花板的燈光倏然一變，蔡麗娟仰頭看一眼燈，燈光有點暗濛。

——我想跟妳說話……

蔡麗娟腦中聽到這樣的話語，她眼睛又投向對面：「好呀！我怎麼稱呼妳？」

——王……

「喔，王小姐，我姓蔡，上回跟妳介紹過。」

剎那間燈光整個暗了，蔡麗娟回頭看，燈光又倏然大亮，她再轉眼看向對面，咦？對面黑濛濛，剛才那位什麼王小姐已經不見了？

蔡麗娟愣了一下，房門門鈴突然響了。

蔡麗娟沒有多想什麼……應該說，她的腦海不容許她有什麼想法，人不由自主的去開門。但門外空空的，沒有人。

突然颳起一陣陰風，蔡麗娟忽地醒悟，她四下看看，不解為何自己會站在門口？關上門，她回過頭，突如其來的驚叫一聲，人往後跳緊靠著門牆。

一個女人，坐在她的床畔，垂下的頭髮遮掩住整個臉。

「妳、妳、妳……」蔡麗娟伸手，這時她的心口略為定了定，想到：「妳是，王小姐？」

床畔的女人，點點頭。

蔡麗娟拍拍胸口，努力綻出笑容：「喔，嚇我一跳。」說著，蔡麗娟走近床，拿起床几邊的書：

「我睡不著，看看書，打發時間。妳呢？」

女人抬起臉，表情木然：

——我，時間太長，不知道該怎麼打發。

「嗯？妳沒有上班嗎？」

——呵呵，哼。

「對了，忘了問妳名字。」

——王秋薇。

「喔，好好聽的名字呢。」

說著，蔡麗娟把書放到另一邊。這邊牆上有一面鏡子，她無意識的看一眼鏡子，發現鏡子裡面，只有她自己一個人。

她迅速轉頭看一眼王秋薇，她還在啊！

這太奇怪了，她伸長身子，準備摘下鏡子。

一樣是王秋薇的聲音，卻變得淒厲、尖銳：

——妳，做什麼！

蔡麗娟把鏡子拿到王秋薇面前，半是開玩笑地說：「看看，好奇怪，鏡子照不到妳耶。」

王秋薇閃避著鏡子，蔡麗娟更故意拿到她面前，兩人一躲一閃之際，王秋薇整個人幻變了！

剎那間，一團火球籠罩著她，火焰迅速燒掉她的頭髮、她的衣服、她的身體。

蔡麗娟呆愣住，全身陷入渾噩中，只有眼睛、耳朵還管用，直盯盯的看著王秋薇這恐怖的一幕。

王秋薇又跳、又叫，淒厲尖喊聲，都快劃破天花板、劃破夜空、劃破蔡麗娟的腦袋，以及驚懼的心。

刺耳的電話聲，驚醒蔡麗娟，茫然中接起電話，是同事打來的，問她怎沒到公司。她摸摸刺痛的頭，看一眼鬧鐘，哇！已經中午了，她立刻說，馬上會到公司去。

到了公司，同事問她生病了？還是怎樣？

蔡麗娟很少遲到、早退，她恍神的陸續說，昨天好像做了個夢，又好像是真實的事。她說出昨晚際遇，還提到上回以為有火災叫管理員來，他的態度。

聽完蔡麗娟的敘述，同事教她，應該跟管理員或鄰居探聽一下，那間套房是否發生過什麼事？

「問這幹嘛？」

「唉唷，妳笨喔！要是沒發生過什麼事，妳怎會夢見奇怪的人。要是發生過什麼事，妳可以要求房東減租。」

下班後，蔡麗娟無心用餐直接回家，在一樓遇到管理員便上前跟他哈啦。

「你認識一個叫王秋薇的小姐嗎？」

管理員臉色變成鐵青色，猛搖頭。

蔡麗娟眨眨眼，故意接口，說：「昨晚，王秋薇來找我，她說她認識你，今天會來找你。」

管理員鐵青色的臉，轉成慘白，猛然拍著桌子：「胡說八道！妳不要亂說話！」

蔡麗娟自顧轉身，不想跟他說下去，準備搭電梯上樓。

管理員呆了幾秒，追上來：「蔡小姐，請妳留步。」

哼，果然上鉤了。蔡麗娟慢慢轉身，望住管理員，管理員請她到裡面坐，問她：

「妳說，昨晚怎麼了？」

蔡麗娟簡單說出昨晚似夢非夢的際遇，管理員聽完，搖著頭：「不，不應該是這樣的……不是這樣的。」

靜默了一會，蔡麗娟才問：「不然呢？應該是怎樣？」

接著，管理員娓娓道出事件始末。

隔壁大樓在去年發生火災，三樓的房客，印尼籍女子被燒死在裡面，並非本棟大樓，蔡麗娟的套房剛好在她的隔壁。所以，蔡麗娟租住的套房，根本不是凶宅。

「我上回不是警告過妳，不要隨便開窗戶？」

蔡麗娟無言了，走出去用完晚餐，再回到家。她找了一片紙板把窗戶給堵住了。

這樣應該安全了吧？

九點多準備睡覺了，忽然門鈴劇響，害她嚇了一大跳。

應該是管理員。蔡麗娟走到房門，打開一看……赫！是她——王秋薇。

「碰！」一聲關上門，蔡麗娟立刻往後退，退到床鋪旁，慌的不知該如何。

接著是一片沈寂，喘了幾口大氣，她略微定心，想著下一步，該怎辦？

忽然眼角瞄到……牆上的鏡子內有影像！

蔡麗娟定睛一看，是王秋薇！垂蓋的頭髮，遮住了她整張臉，緊接著，天花板上的燈光，忽明忽滅、一閃一滅。

「啊——」

驚叫聲不及她的動作迅快，蔡麗娟宛如亡命之徒奔向前，打開門，衝出去！

她去同事住處窩了一夜，次日，就跟房東談解約事宜，就算損失些錢也無所謂。不管晚上或是白天，她始終不敢單獨待在套房內，後來請同事跟她作伴，十萬火急的搬家。

鬼影

梁佑說，自從搬進這間屋子後，始終感到有一股奇怪的氛圍。什麼氛圍他說不出來，可能因為是男生，個性大剌剌，這感覺很快就消失殆盡。

有一天，他晚歸家。

他打開門進屋後，屋內有熱熱的感覺。

梁佑放下手中物品，脫下外套，喝完一杯水，彎身要將杯子放下時，突然看到左邊地板上，出現一道沒有頭，只有上半身的黑影！

梁佑大驚之際，立刻往左回頭——發現什麼都沒有！

當初，就為了圖個安靜，他租下整幢樓層，只住了他一個人，當然不會有其他人。

他比對一下客廳上的物品，完全看不出來那黑影是如何映照在地上。搖搖頭，認為是自己太累看錯了。

上床後，他睡到一半，覺得有一股熱氣直衝上來，害他熱醒過來，睜開眼看一下床頭鬧鐘，深夜兩點。

時值初春，天氣還不至於這麼熱，是很奇怪。他轉個身，想繼續睡，忽然眼角瞄到床左下方地上有一道黑影，沒有頭，只有上半身的黑影。

梁佑驚訝之下，掀開棉被翻身而起，同時轉亮床頭燈。

還是什麼都沒有！

這會兒，他心裡犯嘀咕，一次看見可以是錯覺；兩次看見就有問題了喔！

就這樣，一連幾天，梁佑總在無預警之下看到黑影。看到的次數太多了，讓他不得不採取措施。

他打電話給房東，繞著圈子的問他，有關房子的事。只是，房東也很滑溜，硬是套不出話。

最後，梁佑直接問道：「請問，之前，您房子有租給人嗎？」

「我自己有地方住，房子總不能空著吧。」

「那前任房客姓什麼？名什麼呢？」

「呃……我只知道他姓溫，名字忘記了。我哪會記那麼多？」

掛斷話線，梁佑抽空特意跑一趟地政事務所。查探的結果，果然前任房客姓溫。

梁佑編了一套說詞，終於探問出房子果真出過事，管區派出所有紀錄。

接著，撥出空餘時間，梁佑跑一趟管區警察局。

照理來說這是機密，警察局不會隨便洩漏，但梁佑提出證明，說他是現任房客，這才探聽出來。

前任房客，姓溫，名喚克軒，據警方所稱，當時溫克軒半夜睡覺時，吸菸不幸引燃床鋪著火活活被燒死。

溫克軒的妻子——黃桃來報案，警方查證過後，以意外事故死亡結案。

知曉整個事件，梁佑考慮著要不要另覓住屋？

但找房子不但繁瑣，也要時間。梁佑工作很忙，他又想，那團黑影只是出現，並不會傷人或現出鬼樣駭人，還是暫時住著，等手邊工作告個段落再說。

查清楚之後，黑影反倒沒出現了。安寧了些日子，讓梁佑取消搬家意念。

情人節，梁佑跟女友約會用餐，兩人意猶未盡，女友跟著梁佑回到家——續攤。

女友先洗好澡，換梁佑進去洗。

女友身上披著睡袍，獨自斜躺在臥室床上，忽然燈光乍明乍滅，繼而轉成一片黯淡，女友抬頭看一眼燈光，心想：呦！這個木頭人，也會裝設這麼浪漫的燈光啊！

這麼想完，她低下頭，猛見床鋪左下方地上出現一道黑影，女友更好奇了，心想這又是什麼花樣？

她下床，睡袍下擺楊開，露出白皙性感的大腿，她不在意的朝黑影走近，蹲下來伸手要摸黑影。

黑影突然爬起來，反手握住女友纖細的手腕，她頓感手腕被電到似的一痛，緊接著，耳中聽到魔魅般的恐怖巨響：

——阿桃！阿桃！妳跑不掉了，嗷嗷！

這一刻，女友才發現，它是一具沒有頭的人形黑影！

在浴室的梁佑，聽到驚懼的尖銳叫聲，急忙以毛巾圍住下身，衝出來。

「鬼、鬼、鬼，我看到鬼！」女友縮在床角，指著床鋪左邊地下，顫慄不已。

梁佑皺起眉頭，不知道該如何安慰她，因為他心中有數。

看他一副淡定樣子，女友懷疑的問他：「怎不說話？難道你早知道屋子裡有鬼？」

梁佑雙手一攤：「妳不要這樣嘛，它不會害人，不會傷人，它……」

「你變態！」女友截斷梁佑的話，抬起手腕滿臉淚痕地望住梁佑，梁佑看到她手腕上，一圈怵目驚心的瘀青。

緊接著，女友急忙穿上衣服，梁佑的任何慰留話語她都聽不進去，抓起皮包衝出門。

梁佑發愣半晌，望望屋內周遭，再回浴室穿妥衣服，興味索然的上床睡覺。

就在他將睡未睡，迷糊間，聽到魔魅的吼聲：

——阿桃！阿桃！

震了一下，梁佑醒過來，正要伸手開燈，魔魅吼聲如刀刃直刺入他的耳中！

——不！不要開燈！

「不開燈，我看不到你啊！」或許是那股憤恨，讓梁佑忘記害怕，他怒聲道。

——不要開燈，你聽我說。

吼聲低八音，梁佑果然住手，沒有開燈。

暗濛濛的臥室裡，由地上升起一股濃黑煙，黑煙瀰漫整個房間，梁佑漸漸迷糊……

迷糊中，梁佑看到一間臥室，雖然擺設不同，他卻感到很熟悉。

牆壁上，掛著日曆顯示：七月二十四日。

一個化妝得很漂亮的女子，穿著妖嬈、性感的內衣褲，跟一個絡腮鬍男人，在床上翻滾、嬉玩。

忽然「叮咚」門鈴聲，讓兩人倏地停止動作，並轉變成倉惶。

接著，又是一聲門鈴聲響，兩人這才迅速收拾、迅速穿上衣物，女人顯然慌了手腳，到處看不到可以藏人的處所。

絡腮鬍男忽然臉現兇相，附在女人耳際說話，女人上了精妝的臉，先是一愣，繼而大驚，接著搖頭。

就在此時房門被打開了，一個男子當門而立，然後男人和絡腮鬍男人打起來。

女人在一旁，急得跳腳，卻無法阻止兩個男人。

忽然，絡腮鬍男人一個鉤拳擊中男人太陽穴，男人軟軟倒了下去。

女人和絡腮鬍男人商議著，合力把男人搬到床上燃起一支菸，卻數度失敗，最後，以一塊布，沾濕後包裹住男子的頭部再引燃。

可能是火力不太大，男子整顆頭被燒焦，火也同時熄滅了。

接著，把沒有燃上火的菸，放在男子手上，再在床鋪點上火，女人和絡腮鬍男人，迅速退出房間並拉上房門。

燒了一陣後，火光漸漸變小，最後一切陷入黑暗中了。

接著幾天梁佑都忙著工作，可是他在家中卻不時發生怪事，例如：他要坐椅子，椅子突然移位，讓他摔跤；洗澡時，熱水忽然變冷；準備睡覺時，房門突然自動打開來……

等他工作告一段落，梁佑才得空思考，他把事情回想著，一一連貫起來，認為死者有事想告訴他！

梁佑再度光臨附近的警察局，果然查證出死者是在前年七月二十五日早上，據報發生意外。

接著，梁佑告訴警方，說是黃桃的朋友，想找她但不知道她戶口遷到哪裡。

警方很通融，梁佑不但查出她搬遷地址，還看到死者妻子的照片。

赫！她果然是梁佑在似夢非夢中，看到過的，化了妝的漂亮女子。

因此，梁佑更肯定了自己的想法。

他根據地址，找到黃桃，黃桃依舊漂亮又妖嬈，她問他找誰？

「呃，我姓梁，是——溫克軒的朋友。」

黃桃當場臉色大變立刻掩上門，並說：

「我不認識你，也不認識溫什麼……」

「妳害死了溫克軒，有沒有？」說著，梁佑伸手抵住門，不讓門給關上。

黃桃轉臉，向內揚聲叫：「阿漢！出來一下，是那個死鬼的朋友。」

一會兒，梁佑看到那個絡腮鬍男人，手握住一把木棍衝了出來，作狀要打他。

有道是好漢不吃眼前虧。況且，梁佑根這件事，完全扯不上關係呀！梁佑馬上閃人。

回到家，梁佑想到，又要面對亡者的騷擾了。還好當天晚上，平安無事。

第三天，梁佑洗完澡準備就寢，躺到床上，轉眼看到左邊床尾一道黑影，宛如鬼魅悄然出現，而且還繼續朝他而來。

梁佑翻身起床，跑到客廳寫了一張紙條，拿著打火機又回到臥室，就在左邊床尾，低聲喃念道：「溫克軒，我已經找到了黃桃住處，她叫人打我，我沒辦法，只好逃走。喏！我手上這張，就是他們新家的地址，我燒給你喔。」

說完，梁佑引燃打火機把紙條給燒了，燒化的紙條化成灰黑往上漂浮，竟然消失不見了。

「溫克軒，我能做的只有這些，請你不要再騷擾我，我已經盡力了。」

說完，梁佑睡了個安穩的覺，之後幾天一直沒再發生什麼怪事。

有一天，梁佑在吃早餐，一面看報紙。忽然報紙角落一則消息，緊緊吸住他的眼光：據報紙記載，一對男女，女的名喚黃桃，男的名喚李大漢，兩人開車欲往土城，在山道上，與對向的貨車發生對撞，雙雙斃命。

再三讀完這則新聞，梁佑無法形容自己的心情：酸甜苦辣都不是。

他只有一個感慨：人，不能做虧心事啊！

傘底童魂

王辰姿工作在台北，是個上班族，租了間頂樓公寓套房。

她搬進來沒幾天，常常會在三、四樓間的轉角處，看到一個蹲著的小小身影。

這身影的臉，始終埋在雙臂間，一頭短髮卻參差不齊，不知道是男或女生？

因為看到的次數太頻繁，引起王辰姿的好奇。

有一天，王辰姿跟平常時間一樣回家，因為下著雨，所以顯得樓梯間非常陰暗，視線不良。當她登上三樓轉角處，又看到那個小小身影，蹲在原處。

王辰姿已經上了四樓，走到一半，終於忍不住好奇心的驅使，她停下腳步回頭，好心好意的問：「小朋友，你住哪層樓呀?怎麼不回家呢?」

王辰姿問了三次，小小身影抬起頭，看到它臉的剎那間，王辰姿心膽劇裂！

它小小臉上，應該是眼睛、鼻子、嘴的部位，只看到四個黑洞，緊接著，它張大黑忽忽的嘴，發出魃喳宛如貓叫的尖銳恐怖聲音：

——嗚哇，妳看的到我？喵～嗚～哇～看、看的到我呀？

隨著這怪異聲響，它站起身做勢要上樓來。

王辰姿差點被嚇破膽，她叫不出來，動作卻奇快的轉身，衝往頂樓。

偏偏這會兒，她的手顫抖得很厲害，好不容易掏出鑰匙，卻怎樣也插不進匙孔。

王辰姿一面回頭往下看，它的頭冒出在樓梯處，繼續緩緩升上來。

文陳姿更急了，好不容易終於打開門，幾乎用摔的摔進屋內，再緊緊關上門。

她整個人幾近癱瘓的靠在門上喘著大口、大口的氣。

突然，門被輕輕敲響，像貓的尖細響起：

——嗚～哇，阿～阿姨，開門，開門喔。

王辰姿驚得慌忙離開門，退往後面，同時連聲大叫道：「走開，你走開，不要來，不要來，走開，走開。」

一面叫，她淚水一面奔竄下來。

不知道過了多久，門外終於安靜，王辰姿也平靜了，她才撥電話給屋主。

屋主一口咬定是她看錯，聽錯了，屋主說他這間房子向來乾淨，並未發生過什麼事，他的房子又不是只租給她一個人，如果有問題，其他房客怎都沒說話？

屋主一番話，讓王辰姿口氣軟下來，問他：「哪，會不會是其他樓層，發生過什麼事呢？」

「嗯，這個我就不清楚了。不過，我沒有聽說過什麼事。」

事實上，屋主並未住在這裡，縱使有發生過什麼事，他也未必知道。

現在怎麼辦呢？才剛搬進來沒多久，還要另找房子嗎？

況且，剛聽屋主的口吻，王辰姿可以設想，屋主肯定不願意妥協，退她押金、還她租金！接著，王辰姿打電話給她男友——黃毅明，告訴他這件事。

「啊？哈，妳住的地方有鬼？我朋友在研究靈異學還蠻有心得，請他去妳住處看看好了。」

王辰姿罵他一聲白目，氣的掛斷話線。

洪信耀和黃毅明，一起到王辰姿住處，聽完王辰姿的敘述，洪信耀說：「聽妳這樣說，有可能是外面來的遊魂。通常這類遊魂，會找個僻靜、陰晦、人氣不旺的地方暫時棲身。」

「那，我該怎麼辦？每天都必須經過樓梯耶。」

「不打緊，這種遊魂會隨時變換地方，不見得會天天在此出現。這個護身符妳帶著，它就不敢靠近妳。萬一遇到了，妳裝作沒看見，它會自己消失。」

帶著這個護身符之後，王辰姿果然過了一個多月的平靜日子。因此，王辰姿也鬆懈了。

一天，她跟同事一起吃晚餐，還喝了點酒，回到家已經快十點了。就在她完全沒有防備之下，快到四樓時，驀見那團小小身影蹲坐在角落。

剎那間，王辰姿的酒全醒了！她急忙從頸脖，掏出隨身攜掛的護身符。依洪信耀教她的方法，先吸口氣，用力咳嗽，再裝成若無其事地繼續上樓。

事實上，她全身上下都劇烈的顫抖著，眼睛不想看它，但偏偏她的眼底都是它！沒看到、沒看到，我沒看到它。王辰姿心中默念著，一面困難的抬著有如千斤重的雙腿，靠緊欄杆，手腳並用地往上爬。

——阿姨，請妳幫我，拜託妳，阿姨。

稚嫩童音，忽竄入王辰姿腦海中。

不知道是護身符沒有效還是王辰姿受到它的控制，她竟不自覺停身，木然的轉向它。

它抬起臉，小臉上一片淒苦神情；

——阿姨，我知道妳看的到我，請幫幫我，我要回去找我媽媽，拜託！

我不認識你媽媽，我沒辦法幫你。王辰姿沒有開口，可是心中意念，不由自主地轉著。

——阿姨，只要妳願意幫忙，一定可以，拜託！拜託！

我該怎麼做？

——記住嘍，只要妳願意幫忙，一定可以，一定可以啦。

忽然，它起身，小小身軀凌空向王辰姿僵硬的點頭，王辰姿的腦海中像電擊般，浮起許多雜亂的思緒。接著，它小小身軀在空中漸漸淡化、淡化，終至不見了。

王辰姿渾身劇烈一抖，像夢中突然醒過來，她嘴巴張得大大的，逃命也似奔竄上樓。

從此以後，王辰姿不管是上班、下班，甚至逛街，手中一定都打著傘。只要一出門，必定帶著傘！

一天中午，王辰姿跟同事一起出去用午餐，看到她又打著傘，同事問她：「沒下雨，又沒太陽，幹嘛帶著傘？不嫌累贅？」

王辰姿淡然笑著：「防紫外線。」

她這樣說，同事也無話可說了。

但是，用罷午餐，回到公司，王辰姿收妥傘之際，同事突然尖聲大叫。

「怎麼了?」

「呃!我的天,妳、妳、妳的傘裡有東西!」

同事說,王辰姿收起傘之時,她站在後面,看到一縷細黑煙,由傘中冒出來,消褪在空氣中。

王辰姿淡笑,只丟下一句話:「妳看錯了。」

偏偏這位同事是個好奇心極強的人,她不相信,認為王辰姿一定有祕密!

連著幾天,同事一逮到機會,就跟著王辰姿一塊下班,她發現晚上下班,王辰姿也是打著傘!

她更覺怪異,一心想探出王辰姿的祕密——這是一般世俗人的通病。

這天,王辰姿加班,同事就躲在公司外,等到了八點多王辰姿下班,踏出公司,同事悄悄尾隨在她後面。

直到王辰姿到家,在公寓底下大門收起傘,同事一直盯緊她的傘。

王辰姿走上二樓後,同事才輕悄跟的上樓。

「唉,還是沒看到你媽媽,對不對?」

是王辰姿的聲音?同事頓住腳,側耳傾聽。赫,有一縷魆魆喳喳的怪音:

——沒關係,總有一天會遇到。

疑心大起，據同事的了解，王辰姿自己單獨住又沒結婚，難道她跟誰有小孩？這可是熱門的八卦新聞喔！同事腳步更緊趨前，好聽個仔細。

忽然，樓上拂來一陣陰惻測寒風，而魆魆喳喳怪聲又起：

——啊！妳，把我的事，洩漏出去啦？

「沒有呀。」王辰姿聲音略高。

這時，她已經踏上了五樓的租住處，開門進去了。

同事忙也上了五樓，俯在大門板上，但聽了很久沒有任何動靜。

看看手錶，已經很晚了，同事想回去，她興味索然的轉身，赫然看到樓梯轉轉處蹲了個小身影。

同事猛眨巴著眼，想不出剛才明明沒看到有人……忽地一轉念，又想到搞不好眼前這小孩就是王辰姿的孩子！

「小朋友，你……」

忽然間，小身影驀地起身、抬頭，它整張臉，潰爛得分不出五官，雙臂張的大大地騰空飛起，朝著同事擁抱而來。

時間很快，大約只有幾秒間，因此同事來不及反應，只呆愣的站立著，她親眼看到它雙臂是透明的，甚至還穿過自己的手、身軀，最後，它腐爛的臉，就停在她眼前，耳中同時聽到魅喳又尖銳的、似貓的怪笑聲。

同事驚天賈響的大喊出聲，整個人往後摔倒在梯階上。

同事病了幾天，沒來上班。

上班之後，她始終離王辰姿遠遠的。

王辰姿出門依舊打著傘，有一天下班走在馬路上，遠遠看到一名婦人，王辰姿忽然奔向前叫住她，婦人一臉怪異神色上下打量王辰姿。

「妳，妳的小孩在找妳。」王辰姿喘著大氣，說。

「胡說，我的小孩在家裡。妳想詐騙我？」

「小圓子在找妳。」

婦人聽了瞪大雙眼，瞪住王辰姿，眼眶泛紅：

「妳不要胡說。小圓子早離開我們了。」

「它找不到你們四處徘徊，我因為對它起了悲憫之心，答應幫它找媽媽。」

「它……在哪？」婦人半信半疑地。

王辰姿遞出手中的傘：「它不能見天日，躲在傘裡，請妳把傘帶回去，就算是帶它回家了。」

不管婦人信不信，王辰姿交出傘，不負所託的達成任務，這才算鬆了口氣。

葬儀社的活魂

此事，是蕭小姐親身遇到的事件。

呂老婆婆嫁到萬華後，隨著時間流逝，丈夫、兒女相繼過世，她也老了，還好她身邊有錢足以養活自己。

因此，她就近租住在萬華X昌街尾，一間只有三坪多的房間。

她租住的房間隔壁，是一家葬儀社公司，平常來往的行人，大都走對街，葬儀社公司這邊路上人煙比較少。

一天晚上，呂老婆婆去吃宵夜，吃完回家時已很晚了，大約是十一點多吧。看到葬儀社公司的牆角，窩了一團東西。

呂老婆婆沒注意，等她走近了，那團東西突然升高。她被嚇一跳，退了兩、三步，凝眼望去。原來是個人，但臉上貼著金紙？還是銀紙什麼的，只見他很快速撕破臉上的紙，露出臉來。

是個年約四十多歲的中年人，他雙頰瘦得使原本是四方臉，變成了倒三角臉，下巴還被截掉一截，幾乎快沒有下巴了。

「老婆婆，這是哪裡呀？」

「嗯？你不知道這哪裡？」呂老婆婆皺緊眉頭：「那，你怎麼來的？」

「我……忘記了。」他歪歪頭，說。

因為，這裡常有遊民來來去去，呂老太太不想跟他再哈拉，便繼續向家裡走。走了一步，她突然感到左後肩傳來一股痠痛，痠痛感直逼入骨頭裡去，她轉回頭，看一隻手拉住自己左後肩。

再一細看，呃！那是一隻呈現透明的骷髏手！

「啊——」慘叫一聲，呂老太太甩著肩膀，一面向前加快腳步。但因為她上了年紀，腳底下一個不穩，趴倒到地上。

一雙骷髏手伸向她，欲扶她起身，同時傳來聲音：

「跑什麼？只要告訴我，這是哪裡就好了嘛。」

「啊——我不知道，不知道啦。」呂老太太揚聲叫著，同時手腳並用的掙扎著。

「阿婆，妳怎麼了？」

這時，一位路過的女孩子出聲，並且小心扶起呂老婆婆，呂老婆婆驚魂甫定的轉頭，四下望望。

「妳掉了東西嗎？」

「沒有，呀！妳，不是蕭小姐嗎？」

原來，蕭小姐是住附近的鄰居，剛好經過這裡。

呂老婆婆又問：「妳剛剛有沒有看到一個男人？四方臉，沒有下巴的？」

蕭小姐忽然變臉，突兀的轉頭看一眼，放開呂老婆婆，低聲說：「妳小心走，我得回去了。」

平常蕭小姐都很熱心，怎麼這會兒變冷淡了？望著蕭小姐的背影，呂老婆婆也無言了。

次日將近中午，呂老婆婆在菜市場碰到蕭小姐，打個招呼，呂老婆婆打趣問：「妳昨天怎麼了？忽然不認識我了？」

蕭小姐轉頭看看，周遭人來人往的，加上太陽亮花花的，她低聲說：「阿婆，妳昨天怎麼摔跤了？」

「唉唷！就遇到個奇怪的人。」接著，呂老婆婆說出昨天的事情。

聽到拉她的是一隻骷髏手，蕭小姐臉色又變了：「阿婆，妳說他長的四方臉，沒有下巴，四十多歲，很瘦？」

呂老婆婆點頭不迭，反問道：「妳認識他？他是誰？」

蕭小姐拍拍胸脯，拉呂老婆婆到一旁，壓低聲音，細細說出……

原來，呂老婆婆鄰居的葬儀社公司王先生的女兒——王月花，跟蕭小姐不但是同學，也是好朋友。

兩人常有聯繫，三天前蕭小姐去找王月花，剛好有客戶在跟王月花的父親王老闆談生意。

蕭小姐面向大門外，跟王月花說話說到一半時，看見玻璃大門映出客戶和王老闆的身影中間，有一團黑氣竄升上來。

蕭小姐忘形的凝眼盯住黑氣，只見黑氣慢慢形成一個人形，是個四十多歲的中年人，雙頰凹瘦得使原本是四方臉，變成了倒三角臉，下巴還被截掉一截。

它從玻璃門外，筆直穿透進來。

這情形很詭異，明明是室內一股黑氣形成人形，為什麼人形反倒從外面進來？

蕭小姐眨巴著大眼，轉頭望向一旁的客戶和王老闆站立處，發現那個人凌空虛立在他兩人中間。

「耶，我跟妳說話，到底聽見了沒有？」王月花看到蕭小姐一副魂不守舍狀。

蕭小姐點頭、又搖頭。

接著，客戶指著小桌上，他帶來的一張相片說：「我不知道他喜歡哪種甕，所以帶他來挑選呀。」

蕭小姐跟著轉望相片，赫！相片內的人，竟是剛剛看到的那個中年人！

接著，她聽到客戶談起，說亡者罹患口腔癌，動過手術不到兩年又復發，繼續治療不到一年終究不治。

一轉眼，蕭小姐看到凌空虛立著的他，正投眼看著自己！

這會，蕭小姐才醒悟，自己看到了什麼！

「我不舒服，改天，再來找妳。」蕭小姐白著臉，說完立刻轉身逃之夭夭。

到王月花的家不只一、兩次，但從沒發生過什麼事，這次讓蕭小姐足足躲在屋內，三天不敢出門。

後來，蕭小姐去收驚，聽主持者說：「照理說，人斷氣後亡魂已經離開身軀，但這個新亡者，一來因為年輕，二來病死讓他很不甘心。基於這兩個原因，讓魂體非常強盛，我們通稱它是活魂。但也只限於七七四十九天之內。」

「如果這期限過了，活魂還在呢？」蕭小姐問。

「嗯，如果它不肯離開到處飄盪，就會形成所謂孤魂野鬼了。」

主持者又交代：「在這四十九天裡，最好不要被它遇到，因為這期間，它有能力勾引人跟它一起共赴黃泉。」

呂老婆婆這把年紀了，又值丈夫、兒女相繼去世，這種事她自認為見怪不怪，反正，人嘛，早晚要離開這個世間，有什麼好怕？

想是這樣想，但心裡還是犯嘀咕。

這天晚上六點多，她要出去用晚餐，尚未到達葬儀社公司門口時，突然玻璃大門自動打開了。她隨意溜一眼，門口內外都沒有人吶！

那晚，呂老婆婆睡到半夜，有人敲她的房門，她迷糊湖起來開門。

門外是個陌生人：四十多歲，很瘦，四方臉、沒有下巴。

呂老婆婆訝然問：你？誰啊？

——我們見過面。

呂老婆婆陷入沈思裡，只聽它又說：

——我知道，妳過得很辛苦，沒有親人、沒有兒女，這樣的日子，過的有什麼意思？

呂老婆婆被說得兩眼浮起濃濃的酸澀感。

——來吧，跟我來。

去哪？

——妳不想去找妳丈夫、兒女？

呂老婆婆說不出話，心中五味雜陳，但她有疑慮，這一猶豫之際它又說：

——不去嗎？失掉這次機會，妳永遠都沒機會了。

跟你走，就一定找的到他們嗎？

它笑著，可是被削掉的下巴，讓它無法裂嘴大笑。

不是嗎？我丈夫、兒女離開很久了，我到哪去找他們啊？

——相信我，我可以找到他們。對了，他們叫什麼名字？

看，連名字都不知道，如何找人？

它溜溜雙眼、揮動一雙骷髏臂膀冷冷一笑，說出幾個名字。呂老婆婆當下覺得很意外，因為它說出的名字，正是她的親人。

因此之故，呂老婆婆無話可說，跟著它，跨出房門口……

卻說，蕭小姐聽了收驚主持者的話之後，出門都非常小心謹慎，這段時間，她也不去找王月花，不得已時只以手機聯絡。

過了幾天平靜日子後，她忽然想起呂老婆婆曾經看到過它，不知道她還遇到過沒有？阿婆一定不知道主持者說過的注意事項吧！

這一想，讓蕭小姐心裡很不安，終於忍不住去找阿婆。

但門敲不開，她便去找附近鄰居，大家都說，好像這兩天都沒看到過呂老婆婆出門。

蕭小姐馬上去找房東，打開門一看。果然，呂老婆婆直挺挺地躺在床上，身體手腳都快冰冷了，好在她心口還有一絲暖氣。

被緊急送到醫院，費了一番功夫，醫生把她給搶救回來，慢慢復原後，呂老婆婆才向蕭小姐說出她的際遇。

或許，呂老婆婆命不該絕吧！

3

旅遊鬼事件

魂魄出竅

不管是出遊、還是工作所需，當你必須租住旅館時，通常會聽說，進門前先敲敲門，以示打招呼。

但是，如果忘記了這個不成文的規定，加上房內有東西……又會怎樣？

周文亮是××公司的業務經理，業務所需經常要南北中，到處跑。

他說，記憶最深、最恐怖的是那次，因業務關係必須到中部待一個禮拜。

為了方便，他特意找業務往來公司附近一家大樓的商務旅館，言明要住一週。

櫃台人員說房間都被預約了，唯獨剩下一間，但位於一隅角落。

「沒關係，我並不喜歡熱鬧，這間剛好。」

接過門卡，周文亮登上四樓，大概轉了兩、三個轉角，才找到房間號碼。

他想：果然是很偏靜的角落。

這時，他忘了進去前先敲一下門，就直接刷下門卡。

門開了後，房內電燈會自動點亮，但還是有幾秒鐘的暗黑，就在這幾秒的暗黑間隙，周文亮依稀看到幾顆人頭圍坐在屋內床上，但燈大亮後一切又歸於正常。

周文亮沒有想太多，他一心只在業務工作上打轉。

擱下簡單行李，他看到這間房子，雖然位置偏僻，可是比一般旅館房間寬敞許多，而且價格也相當便宜。

跟對方公司連絡後，他就開始整理文件，順便撥了一通櫃台電話，請他們幫忙點外賣。

忙於文件，周文亮沒注意時間，不久，門鈴被按響，他伸伸懶腰去開門，但打開房門外面空無一人！

他探頭望左、望右，因為房間位於角落，右邊是橫向通道、左邊是直向通道，兩方走廊，空寂得近乎詭異。

他關上房門，忽然門鈴聲又響，他立刻打開門，只看見一個人低垂著頭，提著一袋東西。

「呀，外賣送來了？謝謝。」

周文亮接過他手中東西，闔上門，隨手把那袋東西置放在小廳桌上，回頭又繼續去整理文件。

就在他整理罷文件時，門鈴聲響了。

奇怪，獨宿在外沒半個熟識的人，會有誰來找他？

打開門一看，是個年輕小伙子，提著一只袋子：

「你好！外賣。」

周文亮剎那間停頓，手忘形的接過袋子。小伙子遞上紙、筆：「抱歉，請您簽一下大名。」

周文亮簽妥，送還給他，一面隨口問：「你送了幾次來？」

「嗯？當然只有一次。怎麼了？」

周文亮搖搖頭沒答腔。突然間，小伙子臉上表情怪誕的探頭看看房內，又轉頭看周遭，再仰頭看一眼房門上方。

「怎麼了？」周文亮問。

「沒、沒、沒事。謝謝您！」說完，小伙子轉身，腳步飛快的離開了。

周文亮關上門，回頭忽警醒似的，想到剛剛不是有送外賣？怎又送來？

他投眼望向小廳桌上，是空的？

咦？剛剛那份外賣明明放在桌上不是嗎？

周文亮立刻四處尋找，包括床鋪、廁所、地板上、前前後後……房間就那麼丁點大，那份外賣竟然就這樣憑空消失了！

又有人敲門？

周文亮放下手中文件去開門，三個他不認識的人逕自推門進來。

「耶耶，請問找誰？」

中間那位胖胖的人指著屋內，周文亮回頭望去，呃！

屋內沙發上坐了個人，臉上有一道疤痕，雙睛像一對死魚眼大而突出，他向三個人一勾手。

三個人逕自落坐到沙發上，還自顧的聊起來，完全不把周文亮放在眼裡。

「找到仇家沒？」疤痕的問胖子。

胖子臉色灰黑的搖頭。

較瘦的一位接口說，他音調高而尖：「我就說，太太一定跟拼夫跑了，不然吶。」

胖子突然一拳打中瘦子的頭，瘦子的頭，乍然噴飛，掉到地上，還打著轉，說：

「我說的事實呀，趁早收心，你永遠都別想報仇啦！」

瘦子咒罵著，一面彎身，拾起頭，氣憤地把頭裝到脖子上。

另一邊比較矮的一位，掩口偷笑。胖子不爽地也揮他一拳，矮子早有防備，一顆頭「咕咚！」地縮進脖子，硬是躲開了。

胖子更憤怒，握緊拳頭就要起身繼續要打矮子。疤痕的開口：「嘿！控制、控制一下。你是來打架？還是來找我想辦法？」

胖子徐徐坐下，臉上一派落寞。接著一搖頭，哀嘆一聲：「想想，真不值，活著受氣，死了窩囊。什麼叫人生呀？」

「人生嗎？」疤痕冷冷笑著：「既然都死了，何妨抓幾個墊背，啊！」

「抓誰？」胖子反問著。

疤痕、瘦子、矮子同時轉眼望向周文亮。周文亮看到他們六隻眼，頓然變成六顆血紅色火眼，還噴出火焰。

火焰，就快燒到周文亮。

周文亮斜眼，反瞪回去，口中說道：「你們沒有王法了嗎？無緣無故衝進我房內，還看我幹嘛？」

「你不知道吧？」瘦子高尖聲響：「這個房間，可是老大的喔。」

矮子接口：「就是啊，你敢來，竟都不知道拜碼頭？」

疤痕猙獰著，整張臉突兀的腫起來，直逼向周文亮，周文亮反瞪著他。

兩人眉眼相對望，好一會，疤痕說：「既然你闖進來，就要聽我的。」

其他三個人拍掌、鼓譟起來，疤痕揮手，三個人靜下來，他才說：「你要自己來？還是要我們動手？」

「你說明一下吧。」周文亮說。

疤痕指著室內窗口：「自己跳下去。不然就喝神仙水。」

他說到這裡，矮子不知由哪拿出一罐瓶子，上面繪著骷髏頭，放到桌上。

「你沒有勇氣的話，就讓我們動手，幫你來我們的鬼界。」

「可以問問你們，怎麼到鬼界的？」

接著，三個人個說起他們的際遇。

疤痕說，他去KTV唱歌跟另一間包廂的人起衝突，雙方打群架，從裡面打到外面，想不到對方叫來幾個攜械同伴。疤痕一個不小心，臉上、身上被劃了幾刀，血流不止，同伴安頓他到這間旅店，丟下他自顧離開。

疤痕失血過多，在房間內斷氣了。於是，他流連在這房內，一直無法跨出去。

瘦子在寒夜裡，喝太多酒，腦血管爆裂，被送到醫院前，已經掛了。

他的魂魄，游移出身軀，沒跟上救護車，所以找不到斷氣的身體，便遊蕩在夜裡，直到有一天，遇到車禍亡魂的胖子，才跟胖子一起來疤痕這裡。

胖子是開貨車的，很少在家裡。想不到他太太交了網友，兩人在一起後，網友知道胖子有保險，便說服他太太合計謀害胖子。

太太知道胖子的假期，約他去吃餐廳，用完餐走出餐廳時，後在外面的網友，開著車猛力衝撞胖子。

被撞死後，胖子渾渾噩噩，遊蕩在街道。

這件事，被疤痕從窗口看得一清二楚，他設法告訴胖子，胖子起先還不肯相信。有一天，胖子太太坐在一輛嶄新的喜美車上經過街道，胖子見了忙跟上車子，胖子發現太太跟開車的人在吵架，聽到他們倆對話內容，才知道疤痕說的不假。

胖子不甘心，一直想報仇，卻一直沒再遇到他們兩人。

矮子說，他是生病死的，生前他得到罕見疾病，只知道這種病無法活過三十歲，他在二十九歲那年終因生病不治而死。

周文亮呼出口大氣：「你們的死，都有原因。我呢，又沒什麼原因，我不想死。」

四個人開始向周文亮遊說，人活著早晚要死，活著過得不好，不如死了算了。

或許應該說，周文亮意志很堅定，他不認同他們的說法。

說不動周文亮，四個人既憤怒又生氣，開始變幻出惡行惡狀、恐怖、詭異的鬼樣，甚至還壓緊周文亮，一個逼他喝神仙水、一個把繩子套緊他脖子、一個伸長白森森的鬼爪，向他臉上抓來……

「啊——不要！不要！」

驚聲吼叫中，周文亮感到自己手、腳被人壓得死死，他奮力抵擋、拚盡全身力道反抗。

「周先生！周先生！你醒一醒、醒一醒呀！」

睜開雙眼，周文亮赫然發現，自己躺在一張白色床鋪上，周遭牆壁都是白色的！

兩名男性護士，緊壓住他雙手、雙腳。

「放開我，放開我，這是怎回事？」周文亮揚聲叫。

「你清醒了？」

兩名男性護士這才放開他，告訴他詳細情形。

原來，周文亮住進旅館次日，就一直沒出來、也沒叫外賣什麼的。

櫃台人員撥房間電話也沒人接，調看錄影帶，也不見他進出，直到隔天下午，才在老闆的允許下，打開房間，看到周文亮幾乎沒有呼吸的仰倒在床上，老闆連忙把他送到醫院。

據醫生詳細診斷，發現他並非沒有呼吸，是非常低微，而他的生命跡象正常，再經過儀器的測試，發現他腦波活動，異常的頻繁。

醫生稱這是暫時性的停止呼吸，但並不表示周文亮已死亡。

這狀況，據說相當特殊，醫生也說不上來到底是什麼病症。

後來，周文亮出院到旅館去取回文件、物品時，他不敢進去房間，而是拜託旅館員工幫他拿下來。

趁便，老闆問周文亮，到底怎回事？

「房間內，有個臉上有疤痕，大著一對死魚眼的人。」周文亮望著老闆，接著說：

「應該說，是我靈魂出竅，遇到疤痕的人和他一群鬼朋友，想拉我去它們的世界。」

老闆一聽，臉色微變，低下頭去。

所以事實上，除了周文亮，旅館老闆、員工應該心裡有數，真正原因是那個房間的關係。

溫泉異遇

水鬼會移動嗎？只要有水，它就可以移動？還是，它會跟著人？

過年前，公司特別忙碌，高榮美的先生奉令到北部出差，她趁機帶著小五、國二的兒子，跟著先生搭乘高鐵到北部旅遊，最主要的目的，是她想泡溫泉。

就這樣，先生自去公辦，她則帶著兩個兒子去住溫泉飯店。

第一天入住飯店，高榮美跟兩個兒子，就迫不及待的換上泳衣，下水去了。

飯店內分大眾池、個人池，因為兒子喜歡玩水，吵著要泡大眾池，高榮美便隨著兒子高興了。

兩個兒子，玩的不亦樂乎，高榮美幾次呼喚，他們倆兄弟還是繼續玩。

隨著時間愈晚泡水的人愈少，池子也更寬廣，兩兄弟玩得更盡興。

高榮美斜躺在溫水池的按摩床上，舒服得就快睡著了。忽然，她感到頭皮一陣痛！以為是兒子開她玩笑，高榮美不理他。好一會兒，又被拉得一陣痛。

「喂！別鬧了！」

她一開口，頭皮更痛，就好像頭髮被人拉緊，因為太痛惹她生氣了：

「小偉、健平！」

隨著喊聲她睜開眼，半仰起身，嗯？周遭沒有半個人！

她檢視兩側的水裡，喔！左邊不遠的池水裡有一撮頭髮，載浮載沉的。

因為溫泉水是濁色，看不太清楚頭髮顏色。

「小偉！是你嗎？還是健平？還不給我浮上來。」高榮美揚聲叫著。

不遠的另一座溫泉池，兩個男孩一齊望過來，其中一位出聲叫：

「媽！幹嘛？」

高榮美轉眼看到兩個兒子，都在另一座池水裡呀，如果是陌生人，誰敢亂拉她頭髮？

還有，她發現自己不是帶著浴帽嗎？那，哪能拉的到她頭髮呀？

一思及此，高榮美再度投眼，望著剛剛那撮頭髮處，耶，有耶，頭髮緩緩飄向一邊去。

高榮美顧不得按摩了，她照原姿勢緊盯著頭髮，想看看到底是誰？

五分、十分、十五分、半個鐘頭過去了，始終看不到有人浮出池面。

嗯？有人可以浸在水裡這麼久嗎？還有，這池內水不高，若真的有人不會看不到啊。

高榮美下了按摩床，跟著那撮頭髮方向，尋覓起來。

依然不見人蹤，不過高榮美感到，走到一半時，大腿好像……被什麼東西拂過，很輕微，若不注意是沒有感覺的。

望望周遭，隨著天色愈暗，幾座池水也顯得陰鬱，雖然有打燈，可是波動的池水，好像有看不到的東西在推波助瀾。

深吸口氣，高榮美叫兩個兒子過來，一起浸泡在同個浴池裡，這一來頓感到生氣盎然。

不過高榮美心中有疙瘩，玩了一會兒，她就強制要兩個兒子上來，臨離開前她再度掃一眼池水內，就是沒人上來！

梳洗罷，吃過晚餐進房後，高榮美跟她先生連絡談起這件怪遇，先生笑了：

「喔？這樣呀？可見我太太很漂亮，有人想……」

「想你個頭啦！身邊跟了兩個小鬼頭，想怎樣？」高榮美打斷先生的話：「我擔心的，是會不會遇到什麼不乾淨的東西。」

「水鬼？沒關係，它又不會傷人。不然，你明天一早退房先回家。」

高榮美生氣的開罵幾句，才跟先生說再見。

溫泉大套房，有兩張床舖，高榮美自己睡一床，兩個兒子共睡另一床。

高榮美睡到一半，無端感到渾身發癢，搵抓著的時候她醒了過來。

轉亮床頭小燈她檢視了一下，皮膚只是紅腫。她想，或許是溫泉水的關係，於是拉上棉被又繼續睡。

不知道睡了多久，高榮美再次被癢醒過來，這次是臉，又癢又濕。

她惺忪睜開雙眼時，猛然看到眼前在相距不足半尺的半空中，漂浮著一個披散著頭髮的女人，她垂下來的髮絲就拂著她的臉頰。

最可怕的是，高榮美可以聞到女人呼出潮濕、腐敗的氣息，令人欲嘔。

「啊——」驚聲狂喊中，高榮美醒了過來。

女人在她眼前，宛如無聲炸彈，爆裂開的同時，飛灰湮滅並消失了。

高榮美驚起身，亮起床頭小燈，連忙趨前查看兩個兒子。兩個兒子，一個橫身、一個頭下腳上，睡的香甜。

她把兒子扶正，替兩人蓋上被子，想上個廁所再睡。

事實上，她有點睡不著，心裡怕怕的，不解為什麼會有個女……女鬼，剛剛那個，是女鬼嗎?為何會出現在房裡?

仔細回想，它髮絲拂臉的感覺，很像之前在溫泉浴池中，大腿被輕拂過的感覺吶!

那麼，到底是浴池有鬼?還是房間有鬼?想到這裡，她的心更駭異了。

踏入廁所，她一面耽著心思，一面上小號。就在她上完、準備起身時，突然屁股被人拂了一下!

她往左轉回頭，沒看到什麼——想也知道，後面除了沖水箱，就是牆壁了，哪容得下什麼?

於是，她轉回頭，赫然乍見右邊的浴缸，躺了個人!

有個女人，閉著眼，浮沈在浴缸中，她長髮因水而散開，還跟著水波，微微幌動。

高榮美渾身顫抖，張著大大的嘴巴，因為太過於驚駭喊不出聲。

就在這時，載浮載沈的女人驀地睜開眼睛，並咧開嘴，但是雙眼和嘴，俱是黑黑的兩個大洞。

黑乎乎的雙眼，流淌著兩道暗紅血水，黑乎乎的嘴裡，吐出水草，水草彷彿是活的，一面扭動，一面攀著浴缸，往上爬升，很快的爬上來，還向著高榮美坐處而來。眼看水草就要攀到高榮美的屁股了，她再也忍不住，高喊出聲:

「啊——哇——」

自己的聲音，把她給驚醒過來，來不及拉上褲子，她半摔半滾的爬出廁所。

她喊這麼大聲，兩個兒子都被吵醒過來，揉著眼睛，問：怎麼了？

這會兒，高榮美忽想到自己驚嚇就夠了，可不能嚇到兒子。

「沒……沒事。」

說著，高榮美把浴室的門，拉上、關緊。

「媽，沒事幹嘛大喊？」

「呼！就是。」

「你、你倆趕快睡吧。」高榮美白著臉，故作鎮定地。

讓兩個兒子睡下後，她反倒睡不著了。

一整夜，她躺在床上，時不時就要瞄一眼廁所浴室，她說，這一夜是她人生中最難捱的一夜。

輾轉到次日，天快亮了，她因過度疲乏而睡著了。

「媽！媽！」小兒子的聲音，把她給驚醒過來。

高榮美看到小兒子站在浴室門口，手推開門望望裡面，又轉臉向她。

高榮美心想：不妙。跳下床，忙問：「怎麼了？」

小兒子皺著眉頭，問她：

「那，是妳嗎？」

「我？我怎麼了？」

實在不想進浴室，但考慮到不能嚇到兒子，高榮美故作鎮定的上前，望進去。

一般廁所是圓形的，在廁所座的周遭地上，有揉成一團的亂髮，共有六撮，繞著馬桶，圍成一圈。

大兒子見狀也下床，跑近浴室門向裡面看，又轉頭看著高榮美的頭髮：

「媽，真的是妳嗎？幹嘛做這種蠢事？」

高榮美看了，渾身起雞皮疙瘩，想承認不行，不想承認也不行啊！

她吞了一口口水，裝作沒事的：「要上廁所嗎？趕快去呀。」

「這樣我怎麼上呀？」

無話可說的高榮美，只得進去用腳把六撮亂髮絲踢到角落，再讓兒子上廁所。

高榮美趁機，收拾起行囊。

但兩個兒子卻吵著說，不是要住三天嗎？這才第二天而已。

「你們兩個趕快收好衣服。出去再說。」

「媽，不然這樣啦，我們再泡半天的溫泉再回去，ＯＫ？」

「No！」

兩個兒子嘟著嘴，吵了半天，看是拗不過媽媽了，只好心不甘情不願的收拾衣物。

高榮美領著兩個兒子，幾乎是逃難的心態，匆匆離開溫泉飯店，到附近一家速食店點東西吃。

這時，高榮美才真正放下心了！

兒子還記得媽媽說過的話，走出飯店，一直問她：「不是說：出去再說。為什麼才住兩天？」

高榮美撥手機跟先生聯絡，她壓低聲音談了好一會，掛斷話線，轉向兒子：「爸爸說，我們要提早回去，因為他的工作也快好了。」

其實，她在說手機時，兩個兒子都在注意她，她說的這些話，兒子半信半疑，不過還是不得不聽話。

回到家後，先生還沒回家，兒子馬上跟她抱怨。直到這時，高榮美才向兒子輕描淡寫的說出她的際遇。

想不到，大兒子居然欣喜的說：「哇！媽！妳幹嘛不早說？我想看看女鬼長相哩。」

高榮美瞪著兒子：「說那什麼鬼話？」

究竟，是房間有問題？還是人衰運才會遇到？高榮美說，她也不知道。

海上厲鬼

方德安說，稱它厲鬼實在說有點過分，可是它的確很恐怖。這輩子從沒看過、遇過鬼，這一次遇到了之後，他很久一段時間都不敢參加海上行程。

有一陣子很流行海上夜釣，尤其是夏天，嘩！感覺超棒，然後吃著親自釣上來的小管，新鮮又美味、可口，那種感覺更棒。

就是這種心態，讓方德安每逢周末，就會跟基隆漁船的船家預定行程。

記得那一天上船後，船家把船開到外海，然後停在海上。天氣不錯，海象平穩，浪頭不高，船跟著微微的海浪一沉一浮，大家各找到自己的位置垂下釣竿，剩下等待。

方德安跟朋友朱文，大家都稱他阿文，兩人坐在船尾，一面聊天一面喝著啤酒，一面等。

釣竿的浮標動了，表示有魚、小管上鉤，得趕快把釣竿拉上來。就這麼簡單，好玩又不費事。

方德安喝下一口啤酒時，看到阿文的浮標晃動起來，他忙伸長手朝阿文一指，又移向海面。

阿文忙放下啤酒罐去拉釣竿，在此同時，方德安的浮標也動了！

阿文拉上來的釣竿上，一條活蹦亂跳的透抽，他可得意了。

看一眼阿文的透抽，方德安感到手上釣竿相當沉重。心想，這次漁獲一定比他還要大，只不知道是什麼？

拉呀拉的，赫！釣線竟然卡住了！

拉不上來，又不能太過用力怕釣線斷掉，方德安可緊張了，他一下往左拉釣線，一會往右拉，弄了老半天還是沒轍。

阿文見狀好意幫他去找船東，畢竟船東有經驗，不一會船東來了，幫著方德安拉釣線，也是左右晃動、搓線、甩線，依然沒用。

船邊放了幾顆水燈泡，可以看到海波，但能見度有限，因此看不到方德安的釣線彼端。

「嘿，我看放棄算了。我再給你一根釣竿。」船東說。

「不要！幹嘛放棄？也許是尾大魚。」

「沒辦法，這樣硬拉魚竿會斷掉。」

「好！我有辦法！」

說罷，方德安脫下上衣、牛仔褲，剩下一條內褲。

「喂，你幹嘛？」阿文叫道：「釣不到就跟它拚老命啊？不值得啦！聽船東的，換一根算了！」

「老子不信。憑我是游泳健將」方德安大聲說：「一定要下水去看看，它到底是多大的魚，竟敢卡我的線。」

船東也勸告方德安不要下水，晚上有點危險。

阿文知道方德安很會游泳，現在是夏天，浪頭又不高，便轉口道：「老闆，你放心啦！他得過游泳冠軍，這點海水不怕的啦。」

阿文尚未說完，方德安猛吸口長氣，縱身一躍，跳入黑乎乎的海水裡。

「喂！喂！年輕人，真的不要緊嗎？」船東往海面大聲叫：「有事趕快上來，別逞強呀！」

生意做這麼久，船東還沒碰到過這種客人哩，但他可是得負責客人的安全吶！

阿文傻呼呼的接口：「安啦，不會去當海龍王女婿的。」

話雖這麼說，船東還是擔心的直盯住海面。

在海裡夜遊過的人都知道，海底不但深不可測，視線不良，還好我們台灣少聽見鯊魚之類的，否則真的很危險。

話說方德安躍下海裡，雙臂划了幾下子，發現海裡暗濛濛一大片，海面上的燈光，映照到海裡畢竟有限，再深一點的就都看不到了。

方德安盲目似游了幾下，往上升，看到船底、看到釣線之後，他循著釣線繼續往下探。

往下約幾公尺，視線更暗，不過遠遠地，他可以看到沿線下面，有一團直立著的東西。

看這團東西，蠻龐大的呢！

他心裡一喜，猜測到，釣線應該就是被這直立著的東西給鉤住了的。

因此，他繼續往下游，當快接近這團東西時，他突然看到它，在晃動。

方德安先是一驚，繼而暗罵自己：「笨唷！釣到的漁獲都是活的，當然會動啊！可不能讓阿文笑我膽小。」

他加快手上動作往前奮力划，不一會更近了，忽然那團東西動了，呃，但那似乎是一個人吶？

因為，它張大的左右兩隻，很像是人的臂膀呢。

就在這時，方德安一口氣快盡了，他只好往上昇，衝出海面，猛吸幾口大氣。

「怎樣？找到目標了？」阿文大聲問。

船東也睜大雙眼，看著方德安，方德安說：「找到了，再等我一下。」

說完，方德安深吸口氣，又潛下海裡，這次他大約摸定了目標，很快就找到方位，游近了，看到那團東西果然是個人！

他臉色慘白的像白紙，雙瞳瞪的大大的，嘴巴也張的好大，一頭短髮隨著海浪，一搖、一飄，可以肯定他是個男人。

「嘿！你……」才開口，方德安馬上閉嘴。

在海裡不能開口說話，會影響吸飽了的氣，導致無法久待。

於是，他以手勢問他：

——你在這裡幹嘛？怎不上去？

對方的兩隻手，上下浮動了一下，好像是在回應，可是方德安看不懂他的意思。

他又比畫著，指指自己，又問他：

——你需要我幫忙？

對方雙手的十根指頭，忽然張大，還飄動不已。方德安更不懂他的意思了，

方德安雙肩聳了聳，轉眼看到他釣線末端的鉤餌，真的掛在他的腰際衣服上，衣服破爛得不像話。

於是，他手放在頭部眉端，向對方比個：「抱歉」手勢。

接著上前，伸手，想解開對方腰間的鉤餌，就在這時，他突兀的看到眼前這個男人，上腰際破了個大洞，深及內臟，還露出兩條長長的東西，隨海浪漂浮，看仔細了，原來是他的大腸和小腸！

方德安大怔，想到：受這麼重的傷，還能活？厲害！

緊接著，他轉眼看到男人下肢，一隻腳剩下大腿，膝蓋以下空空的，另一隻腳小腿上，數十隻大小魚鑽進、鑽出的圍攏著。

方德安再往下些，看到，原來這些魚在爭食他的小腿！

這時，方德安才感到害怕！

就算再笨拙，沒聽過、看過，也知道眼前這個男人，已經死了。

方德安急迅後退，上升，經過男人時，他看到他裂嘴露齒好像在笑，可是笑容很難看。

驚恐襲上來，佔住方德安整顆心，他往上用力划，但可能是太緊張了，忽然覺得憋不住氣，呼吸艱困。

忽然，阿文看到海面上冒出個頭，他伸手指著。

阿文和船東候了很久，兩人談著話，都擔心方德安的安全。

「啊！上來了！」

「快！救救我，有人拉我的腿，快！快！」方德安困難的叫，因為他被海水嗆到了。

七手八腳把方德安拉上船，時值夏季，他竟然身軀顫抖的厲害。

阿文忙問他怎麼？倒是船東反而沉默的看著他，不發一語。

方德安斷斷續續說出海裡所遇見的狀況，卻語焉不詳，這時拉著釣線的船東，忽感到手中釣線在動，他打斷方德安的話，叫道：「耶！釣線脫困了。」

方德安和阿文雙雙轉頭，看到船東隨著往上拉的釣線，手好像很沉重。

「看來很重哇！」阿文興高彩烈的說：「大豐收！大豐收。」

終於，浮出海面的，赫然是剛剛方德安在海裡看到的那具男屍！

所有的人全都傻眼，又駭異。

尤其是方德安，直覺感到男屍雙眼是直瞪瞪的望著自己。

為什麼剛剛拉不上來？偏要方德安下水男屍才浮上來？

方德安記得一清二楚，他剛剛想解男屍腰際的釣線，但終究沒有動到釣線啊！

這種事，船東見多了，他鎮定的撈上男屍、報警。

回家之後，連續半個多月，方德安幾乎天天作噩夢，夢見男屍是活的，朝他舞動伸手，是想求救？還是要拉他？

還有，夢境裡男屍向他泣訴，他跟他女友吵架，女友不體諒他，他憤而跳海自殺。

到底真相如何，方德安不知道，也不想知道。

好長一段時間，不管阿文或誰找他參加海上行程，他都一概回絕。

誰來敲門

據說，出門旅遊，進旅館房間前，通常要先敲敲門，以示打招呼。可是，如果房內真的有「東西」，那這麼一敲門，不就明擺著告訴房內的它，我要進住一晚？

有一年，陳嘉妮公司舉辦出國旅遊，地點是泰國，住宿飯店在芭塔雅海岸的一家五星級飯店。陳嘉妮跟幾位同年齡的同事雀躍萬分，因為這是她第一次出國。

走到分配的房間前，陳嘉妮手中的房間卡，正要伸進卡匣時，同事黃梅立刻阻止她。

「幹嘛？」陳嘉妮滿臉不解。

「要先敲門。」

黃梅好像懂得很多，一副神祕樣，她說完果真舉手，先敲敲門再放入房卡。

住在隔壁房的兩位女生，王嬌婷、葉姝看到了，也學黃梅樣，先敲門再插入房卡。

當天晚上，陳嘉妮在浴室洗澡，忽然聽到有人敲門。

在房內整理東西的黃梅，動作很快，立刻起身「啪！」一下子打開房門，但外面空空的沒半個人。

她關上門回到床畔，陳嘉妮這時打開浴室的門，問她是誰敲門，她聳聳肩膀：

「誰知道，沒看到人。」

平常在公司，葉姝最喜歡開玩笑、作弄人。陳嘉妮接口說：「嘿！不會是葉姝吧？」

就在這時，房門再度被人敲響。

陳嘉妮反身走到房門口，可是她沒有開門，她從門上的洞孔，望出去……

黃梅也走近前，問：「誰呀？」

陳嘉妮搖頭，臉上一片不解神色。急性子的黃梅，一把拉開陳嘉妮，把眼睛湊近洞孔……

就在這時，房門再度被敲響，這次敲得更久，陳嘉妮正想出聲問，黃梅猛然往後倒退，直退到裡面的床畔。

黃梅臉色白煞煞地，驚恐地瞪大雙眼。陳嘉妮莫名其妙，就要上前，去轉門把，黃梅揚聲叫到：「不！不要開，不要開門。」

「喂！到底怎回事呀？妳見鬼了啊？」

一聽這話，黃梅更加驚恐，手摀住胸口喘著大氣。

陳嘉妮以為她不舒服或生病了，走向她，關心的想問之際，房門再次被敲響。

「齁！到底是誰？開玩笑也要有個限度！」陳嘉妮不悅極了。

黃梅怕她去開門，連忙拉住陳嘉妮，小聲說：「不要開門。我剛剛看到外面都沒有人，為什麼門會被敲響？」

陳嘉妮聞言，也變了臉，小聲問：「真的假的？」

「妳看我像說假話嗎？」

眨眨眼，黃梅走向床几旁，一把抓起電話，按下鄰房的房間號碼，一會兒傳來葉姝的聲音，陳嘉妮忙問：「你們剛剛有來敲我們房間門嗎？」

「哪有！我和嬌婷正緊張著吶。」

「什麼？」

葉姝告訴黃梅，說她在洗澡時，放在外面小化妝室裡的吹風機忽然轉動起來。

在外面房間的王嬌婷聽到聲音，起身去檢查，發現吹風機根本沒有插電！

擱下話機，黃梅臉都綠了！陳嘉妮問她，她一五一十說出葉姝她們的狀況。

「怎……怎會這樣？要不要告訴導遊？」

「都這麼晚了，告訴他有用嗎？」黃梅說：「想換房間恐怕也來不及吧，我們還要睡覺呢……」

「那，怎辦？」

兩人商量的結果，就是一個字：溜！

於是兩個女生像逃難般，七手八腳抓起隨身物品，根本來不及整理馬上衝出去。

雖然跟葉姝、王嬌婷共擠一間房相當窘迫，可是至少人多膽子壯。

但是，人多話更多。

四個人嘰嘰喳喳地研究著，不曉得誰提起大夥才想到，距今十多年前，不是發生東南亞大海嘯？這裡也發生很大的災難啊！

聽說，許多外國人住在海岸的飯店房間，都被大海嘯給刮出大海了。

談到很晚，四個人終於睏得睡著了。

睡到一半，王嬌婷想如廁，她小心越過睡在地上的同事走進廁所。

如廁罷，她在洗手時，忽然水龍頭上的牆壁，伸出一隻毛茸茸男人的手。

王嬌婷原半瞇著眼，吃這一驚頓醒了過來，她匆匆縮回手，男人的大手也縮回牆裡面。

接著，一股粗暴聲音，嘰咕、嘰咕的不斷吵雜著。剛開始聽不出什麼，但王嬌婷細一聽，啊！是在講英文啦！

她驚恐的抬眼，隨著聲音來源望去……呃！

牆上有一面鏡子，應該是白亮的鏡子，此際竟然一片烏黑，烏黑中彷彿有水波在晃動。

晃動水波中站了個美國人，他臉上是憤怒表情，不知道他在說些什麼。

王嬌婷退幾步，鏡子內的美國人，竟然向前繼續謾罵。

會英文的王嬌婷，依他嘴型、攤開的雙手，終於聽出了他的話語：

——My son?·My wife?·〔我的兒子！·我的妻子！〕

——His where abouts is unknownk!·〔他在哪?·他下落不明啊！〕

美國人愈喊愈大聲，也愈激動，整張臉又腫又紅，最後猛瞪大雙眼，一副要噬人狀，眼中流下腥紅色血液。

王嬌婷目瞪口呆，全身無法動彈，只剩下眼睛還有知覺，她看到鏡子裡的美國人，迅速流淌大量的血，血溢出了鏡子向她噴灑而來。

她伸手欲擋，但血噴得她雙手都是血，還由手細縫，噴到她的臉，她的眼睛因而張不開。

王嬌婷的忍耐已經到達極限了，她忍不住，扯開喉嚨，狂喊出聲：「啊——」

在睡夢中的其他同事們全都被驚醒過來，紛紛跑到廁所前，只見王嬌婷狂亂的舞動雙手，臉則左右亂擺動，那樣子就像瘋了似的。

黃梅膽子比較大，她上前抓住王嬌婷的手，叫另個人抓她另一隻手，勉強制住狂亂的王嬌婷並把她給拖出來。

安撫了一陣，王嬌婷漸漸平息下來，她檢視著臉、以及不斷顫抖的雙手，一直哭著問眾人：「有血嗎？看我手上、臉上有血嗎？我的天！我快沒命了，我快死了。」

「沒有，並沒有看到血呀！真的啦！沒有血，妳的手，妳看清楚些。」

同事的話她還是不信，最後陳嘉妮拿鏡子給她看，她才靜了下來，不過整個人因為過度驚嚇還是顫慄不止。

次日開始的幾天旅遊，王嬌婷都玩的不開心，整個人鬱鬱寡歡，不管同事、主管或導遊如何勸解，她都只是木然看著，沒有表情。

後來回台灣後，主管特別允許她休一個禮拜假，好讓她調養。不過其實她是精神受創，身體倒還好。陳嘉妮說，後來是王嬌婷的媽媽帶她去寺廟收驚，整件事情才算落幕。

背後的水鬼

關於鬼事件，一般說來，敏感的人可以感覺到，陽剛氣比較重的人，就不容易察覺了。或許有人會誤以為，所謂陽剛，是指男生，女生則比較敏感。一般說來大部分是這樣，但並不完全是。

孫宜浩退伍後，幸運考進銀行，算是白領階級的上班族。妹妹小冬是高二生，適逢要升高三，她跟幾位同學說好，要趁暑假去玩一趟，不然升了高三，課業更繁重還要準備考大學，玩的機會肯定會更少了。

小冬麻吉的幾位同學，是劉月英、王佩伶、田胖——因為她身材有些肥腫，個性又很隨和，大家都不叫她本名，反倒把綽號給叫開來。

學校放暑假之前的一天，下課後小冬和其他三位同學一起到速食店，討論旅遊細節。用過餐後也討論完了，四個人各自分道揚鑣。唯有田胖跟小冬住家同個方向，兩人便一起走。將近小冬家時，田胖忽然感到肚子痛，想如廁。

「我家快到了，忍一下吧。」

「只能這樣了。該死的肚子，剛剛在速食店不想上，這時候才給我作怪。」

「耶，妳都這樣對待妳的肚子？怪不得它讓妳發福。」

「少來！」田胖捶小冬一記。

兩個人嘻嘻哈哈到小冬家，上完廁所小冬不讓田胖走，說：「我們剛剛說過要做一份行程表。妳最行，不如在我家做好、打字好，妳再回去。」

田胖想了一下，反正回去也沒什麼事，便答應了。兩個女生窩在小冬房裡討論、打字。

不知不覺，時間過得特別快，天色已經暗了下來。

小冬的哥哥，孫宜浩下班回來，把公事包放在他自己房間，他走出客廳發現妹妹房間亮著燈。孫宜浩隨意溜一眼，發現小冬跟同學在，正要提腳離開，忽然間他頓住了！

他不知道自己看到了什麼？走前一步、凝眼，仔細望過去。

一個淡白色背影，形狀宛似猴子大小樣子，攀爬在一座山上，不！不是山上，是一個人的寬厚背部。

那隻東西，雙手加雙腳並用，往上爬一寸，就往下掉一寸半，看的出來，它爬得很吃力。它一面爬，從它身上一面往下掉著墨黑東西。

又盯視好一會，孫宜浩發現了，原來它身上濕漉漉地，在它身上的液態東西，原本是白色，往下滴淌時由白轉成淡綠；再由淡綠轉變深綠、墨綠。

墨綠色的東西掉到下面，然後消失了。

孫宜浩轉望地上，乾淨的，什麼都沒有。

忽然，它驀地轉頭，愣！竟然跟人臉幾分相似，只是瘦得下巴都快不見了，那張倒三角臉，跟猴子卻有點類似。

孫宜浩對上它的眼光，它裂開嘴巴牽動雙腮，臉容勾出紋路似笑、又似不屑。

孫宜浩身軀微微往後仰，就在這時，他聽到妹妹房內，傳出說話聲音：「好了，晚了，我該回家了。」

「吃過飯再回去吧？」是妹妹小冬的聲音。

「不了。我媽會等我吃晚飯。」

忽然，寬厚背影站起來，攀爬在背後的它，頓然往下掉，然後它消失不見。

孫宜浩看的眼睛發直，不等房內的人出來，他忙轉身躲入自己房間。

時間分分秒秒的過去，踟躕許久，孫宜浩終於去找小冬。

「嘿！哥，有事？」伏在書桌的小冬，只側眼看一下孫宜浩，手上依然忙碌著。

「妳在忙些什麼？」

「旅遊！你要跟我們去嗎？」

「開玩笑。」

孫宜浩落座到書桌邊的床畔。

「想不想來個萬花叢中一點綠。」

「什麼意思？」

小冬轉頭，正經地望著她哥哥，說：「我們四個，除了我，都是美女，你跟我們一起走，不就是『萬花叢中一點綠』？」

「剛剛那位，是妳同學？」

小冬回望書桌，突然又轉向孫宜浩，大訝道：「不會吧？你不會是看上她吧？是我同學沒錯，她叫田胖。」

孫宜浩瞪住小冬，他又黑又大的眼瞳，冷凝又威嚴，小冬被他這一瞪，心虛的回頭忙她書桌上工作。

「妳們打算去哪？安全上可以嗎？」

「Of course！在中部，山上的農場，有溪澗、有鮮採農作物、有……」

說起這個，小冬興高采烈極了，絮絮說起行程內容。

溪澗？那就是有山？有水？

孫宜浩聽得聚起一雙濃眉，等小冬說到喘氣不已而停頓時，他才開口：「妳們……可以不要去嗎？」

小冬怔訝得瞪大雙睛：「怎麼可能？我們都說定了。行程我都安排好了。」

「嗯，可以避開水嗎？就是不要到水邊、溪邊。」

「這個……」

小冬絮絮說起，趁這次暑假大夥玩一趟，不然以後升高三課業繁重就不能出遊了……云云。

孫宜浩沒等她說完就走出房，小冬在他後面交代道：「拜託，不要在爸媽面前壞我好事。」

臨睡前，孫宜浩翻來覆去睡不著，想說到底要不要阻止小冬出遊？

之後，小冬跟同學們說起不要到溪邊，可是她們一致反對，夏天嘛，不就是要玩水才好玩嗎！

第四天傍晚，劉月英撥手機給小冬，說她們看完行程，有意見，希望能增加溪澗的行程，例如撈蝦、捕螃蟹之類的。

「所以，討論一下，變動行程。」

「呃，這樣呀。」

「嗯哼，到哪見面？妳家？」

小冬想想，再過不久，孫宜浩就要回來，她想避開他，便說：

「好吧，我們約在我家附近的速食店。六點半唷。」

六點半，四個人準時到達小冬住家附近的速食店，點過餐，四人圍坐在店內一角，討論起來。

七點左右，孫宜浩下班，回家時，經過速食店，無巧不巧，竟然看到小冬跟她同學坐在裡面。

孫宜浩頓下腳步，看一眼小冬，小冬根本沒看到他，跟同學們說的正高興吶！

孫宜浩正想走，眼光卻讓個東西給吸引住，不得不停下腳。

田胖背向著孫宜浩這面，一團淡白色背影，形狀宛似猴子大小，攀爬在田胖背上。

這跟那天在家中看到的情形一樣，不同的只是它這次攀爬的高度，高了許多。

那天，孫宜浩看到它在田胖的下半背，今天它爬到中背，亦即說它一直持續往上攀爬。

它幹嘛一直爬？爬到後來不就到頭頂了嗎？那又會如何呢？

孫宜浩心裡浮上了個大問號？

「妳說，妳還是決定要去旅遊？一樣的地點？中部？溪澗？」

不敢答話，小冬點點頭。

孫宜浩倒抽口涼氣，又問：「什麼時候？」

「下個禮拜。」

孫宜浩約略算了算，想到它往上爬一寸，就往下掉一寸半，以這種龜速來算，下個禮拜會爬到哪？肩膀？頸脖？還是頭部？

小冬怯怯看著孫宜浩嚴肅的臉容，突發異想的問他：「怎、怎麼了？哥哥！你想跟我們去？」

猛吸口大氣，孫宜浩瞪大雙眼：「如果妳們去了發生危險，怎麼辦？」

「哪可能！劉月英會游泳，民宿主人會知會我們，而且，我們去的溪澗又不深。」

「所以，妳肯定不會聽我的了？」

咬著唇，小冬不接話，眼眶微微紅了。

這時，喊吃晚飯的媽媽，訝異的看看兩兄妹，出聲問：

「怎啦？兩人吵架了？」

「沒有！」孫宜浩說完，憤憤往餐桌而去。

「小冬，什麼事？」

「哥哥說……」小冬低聲，說出孫宜浩阻止她跟同學去玩。

媽媽遂在餐桌邊跟孫宜浩說：「妹妹已經高二，我不反對她去玩，只要安全顧好就行。而且還有三個同學一起，可以互相照顧。」

媽媽話沒說完，孫宜浩放下飯碗，離開餐桌。

兩兄妹冷戰了幾天，旅遊日子到了，小冬還是跟同學們搭高鐵，到中部。

小冬的預計行程，是三天兩夜。但是，到了第二天晚上，小冬撥手機回家，哭著說出事了，劉月英的爸媽已經趕過去了。

孫媽媽急壞了，到底是什麼事？小冬一直在哭，說不清楚。

「我要不要去？還是叫妳爸過去？」

「不！不！不用，我……很好。」

小冬手機沒電，話線斷了，孫媽轉向孫宜浩擔心的問：「還是你跑一趟？」

「我明天要上班。」孫宜浩口氣冷冷地。

「我的天啊，你這哥哥是怎麼當的?不關心小冬嗎?」

「我早跟她說過不要去，她偏不聽，我能怎樣?」孫宜浩說完，自顧進房去。

次日，小冬滿身疲憊、頹喪的回家來，才說出這此行事故。

第二天午飯過後，她們四個人照預定行程到溪澗玩水，溪澗不深只到小腿肚，不料，田胖的毛巾被水流帶走，沖向下游，她追著毛巾奮身想撿。

哪知，下游水流很湍急，她不諳水性，加上溪底石頭很滑，一下子摔倒在水裡。

大夥見狀，急迫的大喊大叫，劉月英跑在最前面，眼看田胖順著水流被沖下去。下游處，出現一方寬闊水面，看樣子就是一處水底陷阱，大凡這種地方水底會有石頭，或許還會有漩渦。

田胖載浮載沉的高喊著，劉月英會游泳，她奮不顧身一個箭步衝趴入水，哪知道她對當地溪澗不熟，頭部撞到水中的石頭，頓時昏厥過去。

水的力量很可怕，劉月英順著水流往下，因為已昏厥，無自主力量，到了寬闊處，有一股漩渦，她無意識的跟著漩渦旋轉，終至沉入水裡……

小冬和王佩伶完全不知道，劉月英已陷入險境，兩人一個爬上水邊土岸，一個高聲大喊：「救命。」

總之，當時一片混亂，小冬和王佩伶的注意力都在田胖身上，完全忽略了劉月英。下游有人在玩水，聽到上方的喊聲，也注意到一路被沖向下游的田胖，幸好被幾位遊客給拉上岸了。

小冬和王佩伶急忙跑向下游，看到田胖雖然安全，但身上有許多地方受傷、流血、瘀青，忙著照料她。

不知道過了多久，三個人猛然發現，劉月英呢？

她們知道，劉月英會游泳，都認為她應該沒事。只是，不曉得她人在哪？到了下午四點多快五點了，依然不見劉月英，三個人才警覺到不對勁！

但已經失去時間上的先機，一切都太慢了！

民宿主人找了幾個人，來來回回尋找，直到七點多快八點了，才看到劉月英被沖到下游，擱在淺灘。

獲悉事實經過孫宜浩很傻眼，明明看到它是攀爬在田胖後背，為何出事的是劉月英？

小冬難過又懊悔，為什麼不聽哥哥的建議？

開學之後，小冬、田胖、王佩伶三個人鬱悶了一整個學期，尤其是田胖，她認為劉月英為了救她才喪生的，是她害死了劉月英。但如今，說什麼都沒有用了。

4

街頭鬼事件

棺俑

徐春生住在萬華，迦納區雙園街，在早市市場中以殺雞、賣雞為業，生意很好錢賺得多，除了住家，還有好多間透天房產。

徐春生的父親年紀很大，八十幾歲了，身體不太好，常常生病、出狀況。有一天，他感冒發燒，看過醫生，在家裡休養。徐春生做完工作，大約都到了下午二、三點左右，再吃個東西、休息一會，就去看他父親。

他父親住在另一棟透天的二樓，徐春生才登上二樓樓梯，就聽到父親的低喃聲，不是很清楚，有些口齒不清。

站在樓梯口一眼望過去，徐春生赫然看到一個怪異的、傴僂的身影，站立在他父親床畔。

起先，徐春生以為是哪個年長的親戚來探視他父親，繼而一想，不對！

那些上了年紀的親戚，大都……已經離世不在了，難道還有他不知道的長輩嗎？

「爸！」徐春生叫了一聲，忽然間，傴僂身軀整個轉過來，剎那間徐春生看到一副怪景象！

這時，將近五點多天色略暗，室內更暗。微弱天光，由窗口洩了一點餘光進來，使得徐春生清晰的看到那個身影！

它全身上下只剩骷髏，頭顱部分，眼睛、鼻梁四個黑洞洞，下巴白森森上下兩排，當中缺了好多牙齒。

頸部、胸部、手、腿，根根露出了的全都是白骨，白骨上垂掛著污膿液體、腐爛了的臭肉。而白骨兩邊肩胛骨上，各站了兩個小人！

兩個小人，頭部是四方扁平狀，臉上像抹了油似微有反光，它雙睛睜突的好大，四方形的又厚、又大嘴巴，看來就像在狂笑，實際上它的小臉是一副冷嚴表情。

徐春生整個人往後仰，差點摔倒，他忙緊抓住一旁的樓梯扶手。

霎時，傴僂身影在徐春生面前像爆炸的煙霧般，整個擴散，消失在空氣中不見了。

它肩胛上兩個小人被爆飛，在空中翻滾了幾滾往下掉，同時，左邊的小人揚聲，一再重複的喊著：「沒有、沒有、沒有……」

而右邊的小人，重複著：「後代，後代，後代……」

它兩人配合的很恰當，在徐春生耳中聽來，變成是：「沒有後代，後代沒有，沒有後代，後代沒有。」

不知是有意還是恰巧，小人往下，掉向躺著的徐春生父親床上。

「唉唷，我就說……不要啦！不！不要。」

是父親，他發出低喃細聲，語音模糊不清。徐春生有些吃驚，忙奔向前探視著。

只見他父親閉緊雙眼，嘴巴嗡嗡發出囈語。

徐春生還四下檢視著，剛剛的小人呢？他一面搖醒父親，很擔心要是父親忽然停住呼吸，可怎辦？

「爸！爸爸，你醒醒。」

「啊！呃，呀呀。」父親雙手亂搖、亂撥，同時睜開眼睛。

「爸，你怎麼啦？」

「你，誰啊？」

「是我，春生啦，你不舒服嗎？」

呼了口氣，父親咳了一陣，討水喝。春生忙倒杯溫開水，扶他起身，父親喝了水後不再咳了。

「唉，春生呀，我剛剛夢見你叔公。」

「哦？」徐春生心像打鼓，撲通猛跳。

父親口中的春生的叔公，也就是父親的叔叔，他已經去世三十多年了，怎會提起他？

「我夢見他一直拉我，要我跟他走。我甩不開他的手，我一直說不要、不要，唉！」

「爸，你好些了沒？葯吃了幾包？」

「唉，沒有用的啦，吃藥沒有用。」

徐春生向來不信怪力亂神，即使剛剛看到奇怪的景象、聽到奇怪聲響，他還是認定是自己聽錯了，並不在意。

他注重的，是實事求是，有病就要看醫生、吃藥，因此他立刻接口，說：「不要這樣說，晚上想吃什麼？我叫月里煮給你吃。」

月里是徐春生老婆。有事沒事，就喜歡摸八圈，不過她對公婆倒蠻孝順的。

這幾天知道公公生病，她都按時煮三餐。

她已經有兩天沒有碰麻將牌，手有點癢吶！晚上，月里煮一鍋虱目魚粥擱在餐桌，人就溜出去了。不敢玩太晚，兩圈下來，已經將近半夜了，勉強下了麻將桌，她依依不捨的踏著夜色回家去。

要回家，會經過她公公住的透天屋子，月里不經意地抬頭看一眼二樓。咦？樓上有燈光！

駐足望著二樓之際，有兩個怪異的、四方形扁平頭人影倒映在窗口上，她看出來，那絕非是她公公的身影。

可是，這時候會是誰在公公房間？兩個人影還比手畫腳地，狀甚怪異。

奇怪？都半夜兩點了，公公又生病，應該睡了才對。

春生明天一早要上菜市場，不可能還陪著他爸，搞不好已經在家中呼呼大睡了。

反正她也睡不著，便進屋上樓查看。赫！剛剛還亮著燈光，這會兒竟然熄滅了。站在樓梯口，她看到整個樓層暗幽幽地，不過窗外有些微的光透進來。黯淡、不明的光中，有兩道小小身影，一左、一右，同時凌空一下上升、一會下沉。

隱約中，月里看到小人頭部是四方扁平狀，臉上像抹了油似的微有反光，它雙眼睁突的好大，四方形的嘴巴又厚、又大，小臉則是一副冷嚴表情。

月里整顆心，急促的跳躍起來。

雖然搞不清楚那是什麼，可是心中卻認定是不祥之物，驚懼之下她轉身就想下樓，偏偏雙腿發軟整個人癱坐在樓梯口。

小人突然欺近，睁突的大眼，邪門的瞪住月里。月里緊摀住胸口，既無法逃、也無法說話，只能呆愕在地。

忽然，左邊的小人發出沉悶聲響：「沒有，沒有，沒有。」

右邊的小人，聲音一樣悶悶地：「後代，後代，後代。」

兩人配合的很恰當，聽在月里耳中，變成：「沒有後代，後代沒有，沒有後代，後代沒有。」

不知憋了多久，月里忍不住狂喊一聲，轉身半爬、半跌的近似摔下樓。

次日，月里向徐春生說起昨晚之事，春生不痛不癢地說：「不要管它，我想一定是妳看錯了，半夜三更的，很容易看錯東西。」

到了大白天，月里煮東西給公公吃，又伺候他吃藥，果然沒再看到什麼怪事。

徐春生的父親，沒有捱過兩個月，還是走了。

徐春生開始忙著辦後事，當然，他市場的攤位也休息了。

他把父親安葬在文山區的富德公墓。

富德公墓有納骨塔也有提供土葬，土葬地點在更高的山頭上，比較貴。但徐春生有錢，他選擇將父親土葬。

當他父親的喪事告一段落後，富德公墓的管理員，特地領著徐春生到另一個墳墓：「請問，長眠在這座墳墓的人，你認識嗎？」

這座墳墓荒涼而破落，石碑歪斜著，上面字體依稀可辨。徐春生上前仔查看，錯愕地發現墳墓主人也姓徐！

「我只是看您認不認識墳墓主人，因為他姓徐。」管理員說。

徐春生再細細端詳，赫然發現這座墳墓竟然是他父親的叔叔，也就是徐春生的叔公——徐平陽。

原來，公墓提供土葬，過幾年後就得遷葬，把骨頭移到他處。管理員說，一直聯絡不到亡者的後代，又不想亂動墳墓才延宕到現在。

如果再沒人來處理，可能會被遷進萬姓塚。

「這樣啊？我回去後會找他的後代，不然我也會來處理。」

經過一段時間打聽，徐春生才由他的伯公第三代——徐安源口中知道，原來叔公沒有後代，他的後事還是徐安源處理，他向徐春生直接表明這次遷葬事宜，就勞煩他了。於是，徐春生挑了個日子，和月里一塊找人上山處理。

首先，土工（殯葬人員）會挖開墳墓，通常葬了一段時間，亡者肉體都腐爛掉，把剩下的骨頭，清洗、整理後，收入納骨甕，再放入納骨塔，這就是遷葬。

土工輕鬆地挖開破敗的墳墓，棺材已經腐朽不堪，輕輕一敲，棺材板就崩塌，露出裡面。

「啊！」徐春生悶叫一聲，退一大步。

「哇！呀！」月里同時驚聲大喊。

裡面是一副骷髏，骷髏肩膀兩邊，置放兩具小小、一男一女的木製人偶。人偶微現斑剝，它頭部是四方扁平狀，臉孔尚微有油漬，兩具都睜突著大眼，彷彿充滿生命般，直盯視著前方。

徐春生和月里對它們可是非常熟悉，剎時，他們兩夫婦明白了人偶說的話：

——沒有後代，後代沒有。

「唷，替他下葬的人很內行，要不就是去問過專家。」一位土公說。

「怎麼說？」徐春生問。

「很少人會知道這種事。沒有後代的人辦後事時，找兩具棺偶陪他一起下葬，這兩具男女棺偶，代表他的後祠，亡者就不會向生者擾亂，尤其是替他辦後事的人。」

但是，讓人不解的，是沒有生命的棺偶，哪會知道什麼後代不後代的事？還知道徐春生父親壽命即將該終？甚至還找上徐春生？

難道說……棺偶有生命？

牽亡

首先，筆者要強調，這起事件不是傳聞，是一位在昆明街上，開早餐店的老闆娘——薛小姐家中發生的真確的事件。

所擔心的，是筆者文筆不好，無法把整件事情完整的報導出來，只能盡力而為了。

薛小姐本家在高雄縣的茄萣，是地方上的望族，她家開的是銀樓、珠寶店。此事，必得從頭開始談起。

薛小姐的父親，薛爸娶了附近陳家小姐，兩夫妻過著恩愛的日子，陸續生下兩個兒子、女兒。有一年，薛太太忽然生病，這一病，竟然足足在床上躺了十二年，看遍多少西醫、中醫，就是找不出病因。

薛爸也很煩惱卻又無計可施，他很悉心照料妻子，因擔心妻子會想喝水、吃藥什麼的，往往睡到半夜都會醒個數次。

為了照料方便，房內是置放著兩張床。一天，睡到下半夜，他聽到呻吟聲，連忙翻身，正想下床之際，忽然頓住身形！

薛爸看到妻子床邊，站了個人影！

以為是妻子，居然能夠下床，薛爸心中升起一股狂喜。

繼而一想，不對，妻子躺了十多年，吃藥、打針都無效，這會怎可能突然就好了？

他揉揉眼睛，再放眼細看，咦！這身影——

高窈、細瘦，還穿著大紅色服飾，完全不是妻子的模樣啊！

薛爸再揉一下眼，瞪圓雙睛……雖然很模糊，但可以看出是個女子，就在這時，她驀地轉首，直直盯住薛爸！

乍然間，薛爸完全看不清她的臉、身影，只看到她兩道寒芒！

南部原本炎熱，又值暑氣逼人的七月天，薛爸被兩道寒芒，瞪得渾身發冷。

薛爸無法動彈，只呆愣著跟它對望……不知對望了多久，忽然一聲輕微呻吟響起。

倏然間，紅衣女子身影在薛爸眼前，由下往上逐漸慢慢消褪……終至消失。

薛爸吐口長長氣息，這時，妻子呻吟聲又響，他才下床走向妻子床邊，一面倒杯水給妻子，一面巡視著床邊左近。

剛剛那道女人身影，就是站在這裡啊！

「阿英，妳剛剛……有看到一個女人嗎？」

「什麼女人？」妻子茫然看著他，搖頭。

「那，妳有夢見什麼嗎？」

「沒有呀，我只是口渴才醒過來。」

這就表示，這個女子身影只有薛爸看到而已。

第三天晚上，天氣還是一樣熱，但薛爸睡到一半，頓覺渾身寒顫得醒過來。略睜著瞇瞇眼，薛爸猛然間整個人由寒轉成炙熱！

他隨即閉緊雙眼，不敢抹掉額頭上汗珠，整個人裝睡，可是卻忍不住渾身顫抖。因為他的床畔，直挺挺的一道模糊中，可看出紅色服飾、高窈的女子身影！

這樣連續了約有半個月，那名紅衣女子身影時不時就出現。

薛爸畢竟是男人，不喜怪力亂神之說，更不想驚擾家人，所以他隱忍著不說這件事，只是一直告訴自己：是照顧妻子太累了，所以才會出現幻象。

這件事，就這樣持續了一個多月左右。

這天黃昏時，薛爸買了妻子喜歡吃的東西，喜孜孜地回來，還忙著倒入碗裡端給妻子吃。

「嗯，好久沒吃到這點心了，真好吃。」

看妻子吃的高興，薛爸也很高興：「阿英，妳喜歡，我天天都買給妳吃。」

話才說完，薛爸眼角瞄到房門口，微微出現一道人影，人影不很清楚，薛爸揚聲：

「誰啊？誰在外面？」

人影移了一些些，薛爸看到了倒抽口冷氣，因為他看到人影衣角，赫然是紅色的！

妻子阿英聽到了，也轉頭望向門口。

眨眨眼，薛爸猛然起身直奔房門，在門口他左右尋望著：沒人哩！

「是誰？」阿英問。

薛爸聳聳肩，沒說話。叫他怎麼說？

然而，那個紅衣女子由原本的半夜出現，變成會在天未黑就出現，這讓薛爸很不高興，進而憤怒！

是不想理它，哪知它卻得寸進尺。

晚餐時，薛爸忍不住跟母親談起這件事，薛母聽了皺起眉頭：

「你確定？」

「我看的一清二楚。而且它出現了快一個多月，現在倒好了，天色沒黑它竟然敢出現，太囂張了！」

據薛媽說，薛家在這座老房子住了幾代人，從來不曾發生過這種怪事，一定是他看錯了。

「媽，妳想，以前阿英不都健健康康的？為何躺了十多年又檢查不出病因，這事不很奇怪嗎？」

薛媽一想，兒子說的有道理：「難道，阿英是被什麼東西給纏上了？」

「我也這麼想。」

薛媽頷首，說：「既然這樣，我們可得仔細找出原因。」

薛爸搖著頭：「都這麼久了，找得出來嗎？」

「你仔細想想，阿英生病之前，去過哪？」

薛爸認真的跌入思緒中，一面徐徐說：「媽，妳也知道，阿英很少出門，頂多，就是回她娘家。」

「這就更奇怪了，她以前也回娘家過，就沒發生這樣的事啊！」

兩母子陷入百思不得其解的問題中。

薛爸的父親出去接洽客戶，直到這時才回家來。看到妻子和兒子皺緊的眉頭，忍不住問發生了什麼事？

他聽完他母子的問題，輕鬆的說道：「這還不簡單？」

「什麼！爸，你有辦法呀？」

「我是不迷信啦，但是我相信你不會騙人。」

「當然，當然。我看到它出現了一個多月，始終都沒說，表示我根本不相信這種怪事，我又沒有害過人，怕它幹嘛？」

父、母親突然笑了，父親接口：「是不怕它，但是這種東西不講道理。」

「嘿！爸！你怎知道？你又沒有跟它們打過交道。」

薛爸父親淡然看一眼薛爸，說：「我小時候，聽你阿公、阿嬤說的可多了。我是不相信鄉野傳說，不過卻不能排斥它們的存在啊！」

聞言，薛爸興致勃勃的問：「所以，爸，你也相信阿英是被……什麼東西纏住了？」

「阿英沒病、沒痛，檢查不出毛病，卻又整天躺在床上，這個呀，我早就很懷疑，是否有什麼我們不知道的事件。」

「我說，你個老頭子，怎不早說？」薛母怒瞪著丈夫。

接著，薛家人商量之下想出了個辦法！

其實，薛爸本身就是陰型敏感性體質，以前差點還成了乩童。

只是他媽媽不希望兒子常跟那種東西打交道，儘量杜絕這些機會，因此他並沒有當成乩童。

這次薛家人商量的結果，是挑了個日子，去找附近一間寺廟——大聖爺廟。

這間大聖爺廟，供俸的是齊天大聖，據說以前薛爸小時候，廟祝就是想延攬他當乩童。

廟祝知道薛家人想問什麼，便選了個吉時，供上祭品，上香，開始升壇。

哪知道，連續上了三支香，完全沒有感應，廟祝只好再上第四支香。

就在點燃了香之際，薛爸突然喊一聲，整個人暈厥過去。

他父親、母親急壞了，手忙腳亂的扶住薛爸，廟祝上前查看一下，說：「你們倆不必擔心，他不會有危險。」

「哈！呵！」

突然，薛爸掙脫他父、母親跳了起來，繞著神壇轉一圈，最後臉向神桌上的大聖爺直挺挺跪拜下去。

內行的廟祝一看，就知道有了狀況，他揚聲叫道：「你，何方神聖？還不報上名來？」

「請大聖爺做主。」

赫！薛爸的聲音竟然變成嬌滴滴的女聲，薛爸的爸媽當場變了臉，這根本就不是他兒子慣常的聲音啊！而且，男女聲音差別很大，即使想裝，也無法裝的這麼像。

廟祝問道：「先說出來，妳到底是誰？哪裡來的遊魂，敢侵犯無辜的人？」

「嗚……」薛爸竟然哽咽起來，哀哀泣不成聲。

薛爸的父母親，這會才知道，兒子被附身了。

接著，附身的東西，細細道出緣由……

她說她是女孩子，出生不到七天就夭折，遊魂無處可依，飄遊了一段很長的時日，現在，可以有個依歸處了。

聽完女鬼的泣訴，廟祝開口道：「哪個依歸處呀？也要對方願意。」

被附身的薛爸，伸長手，指著薛爸的父親。

廟祝轉望薛爸父親，他跟妻子面面相覷，父親結結巴巴地：「我……我們又不認識妳，妳住哪？什麼人氏？」

結果經過廟祝的詢問，女鬼一一道出她詳細出身，薛家兩老聽的大驚不已，根本沒有聽過這樣的事，認為此事不可能！

太玄了！

薛爸聽完父母的敘述，也認為這件事太玄了。

過了兩天，奇怪的是阿英竟然可以下床來，而且不藥而癒。

於是，薛爸和父母三個人共同問阿英：「妳家裡還有其他姐妹嗎？」

「沒有，我媽只生我一個女的。」

「妳確定？」

「自己的家我還不能確定嗎？從小就我一個女孩在我家長大。」阿英斬釘截鐵的說。

三個人聽了當場傻眼，但是三天前，附身的女鬼明明就說的很清楚。

「我看這件事就算了，」薛爸笑著說：「或許是什麼無聊的遊魂，開我們玩笑。」

既然兒子這麼說，兩老也算了。

想不到下午，阿英卻突然昏倒。這一來，薛家人都慌了手腳，連忙準備送去醫院，但不知道怎麼搞的，就是無法把阿英給送出門。

好像……門口有一堵無形的障礙阻止阿英出門，連薛爸背著妻子，還沒走到大門人就摔倒在地。

「唉唷，我看這件事不尋常，不能鐵齒呀！」薛爸的父親說。

「那怎辦才好?」薛媽亂了分寸。

想了個子細,父親說:「嗯,這樣吧,我們去陳家一趟走一趟,問問親家公、親家母。」

「爸、媽,你們要快一點。」薛爸看著昏迷的妻子,心惶惶然,就擔心妻子發生不幸。

於是,兩老立刻轉入房內,換衣服,準備動身。

想不到,阿英竟然在這當口,醒了過來,薛爸驚異的問她,哪裡不舒服?去看醫生嗎?

阿英搖著頭,說:「我們跟爸、媽,一起去我家。」

「我們?妳生病耶,能出門嗎?妳?」

「我又沒怎樣。」

這時,薛家兩老出來,看到阿英,都嚇一大跳。

「阿英,妳剛剛怎回事?妳昏倒了,知不知道?」

「我沒有昏倒。」

接著阿英說,有個人拉著我,到一處荒涼、暗無天日的地方跟我說話。

說些什麼,阿英完全記不起來,記憶中她只看到那個人,嘴巴嗡動不已,而她自己卻只一個勁的點著頭。

就這樣，一家四口人，一起到鄰莊，找陳家。

支吾老半天，終究還是薛爸的媽，低聲問道：「請問，親家母，妳還有個女兒嗎？」

陳母變了臉，立刻搖頭。

「我就說嘛，沒有這樣的事。」薛爸的父親，接口說。

「什麼事？你們……怎會突然這麼問？」陳母問。

阿英立刻把前前後後的事件，說了個清楚。

不足之處，薛爸補充著說：

「我幾次看到它，長的瘦瘦高高，它穿著紅衣服，腳穿著木屐。」

「它……它真的去找你們啊？」陳母說著，整張臉由白轉紅，又從紅轉成鐵青色。

「媽，它是誰？」阿英望住母親，緊抓住母親話尾。

陳母無端紅了眼眶……躕躕很久，她才說出那將近三十多年前的憾事。

生阿英之前，她確是生了個女嬰，但當時醫藥不如現在發達。女嬰一出生就患了七月蛤，就是俗稱的「紅花劫」，以現在醫學來說，是黃疸。

「這麼說，它……是我姐姐？」阿英低聲說。

只是，姐姐讓她躺了將近十多年，也太……

事情已經明朗化，當下薛家和陳家開始忙碌起來，陳母以嫁女兒禮儀把它給迎進薛家。

它還討說要阿英第二個兒子當它繼承人，每逢初一、十五，都照規矩祭拜它。薛家小孩都稱呼它阿姨，這個阿姨特別照顧薛二哥，有好幾次，薛二哥發生困難，或不順時，它都會替薛二哥排除。

後來，小孩子都長大後，薛大哥開珠寶工廠，薛二哥做珠寶貿易，生意特別順利，賺的錢也比較多。薛小姐說，這都是拜阿姨之賜。

但不幸的是，薛爸在二〇一六年一月底過世了，享壽八十三歲。

車魂

石大哥曾發生過車禍，被人救出，緊急送到醫院撿回一條命。因此基於同理心，他加入了急難救助團隊，每遇到突發狀況他總是跑第一。

即使滿腔熱腸，他還是遇到過幾次的不可思議事件。

有一次他接到訊息，說高速道路上，最容易出事的台X線有狀況，要他趕快過去支援。

石大哥掛斷電話，馬上十萬火急地趕赴現場。

現場已經有人在搶救，據說是一輛車子想超車，在變換車道時，沒注意後方車速很快的車子，導致後方車子衝撞前車後座。

因為速度很快，後方車子前座，整個卡進前車後座，因此車體扭曲得很嚴重，沒辦法拉出駕駛。

現場一架怪手，正試圖拉開扭曲的車門，但試了老半天，還是無法救出人。

石大哥雖然急卻也幫不上忙，機械的東西人力畢竟無法可施。

高速公路上車來車往，加上夜間視綫不良擔心安危，於是石大哥只得退到一旁，有塊突起的小小山丘邊。

「唉唷！太慢了！」

因為石大哥太專注的望住怪手現場，沒注意到旁邊忽然有人發話，他被嚇一跳，四下轉頭看看——沒人？

「我看，來不及了。」

聲音再次傳來，石大哥循聲，終於看到右手邊一位穿著灰色夾克，留著三分頭的人，蹲著發出說聲。

石大哥接口：「來不及也要救。唉！這路段常常出事。尤其像這樣飄著細雨，路面又滑，很危險。」

「喂！你怎麼在這裡？」灰色夾克的人，突然這樣說。

「我？我來救人的呀！就等怪手拉開車門，才能救人。齁！撞成這樣，車體都凹陷了。」

說著，石大哥也蹲下來，搖著頭。

又過了好一會，石大哥掏出菸含在嘴裡，又抽出一根遞給旁邊這位人士。

他接過去，石大哥替他燃上火，又給自己燃亮菸，才抽幾口，怪手已經把整個車門拉掉。

石大哥見狀，很快丟掉煙往前奔過去，救人就是要快，一分一秒都不得遲疑。

另一位救難人員，已經把困住的駕駛拉出來一半，看到石大哥，他連忙大聲說：

「快快，來，你拉他的腳。」

聞言，石大哥頭探進車內，費了些勁，兩個人一齊小心又用力的抬出駕駛，旁邊已經有一台擔架候著了。

擔架旁的醫護人員看到傷者，搖頭。那位救難人員，多嘴的問：「怎樣？」

「頭都破裂成這樣了，我看……沒救了。」

「嗯，撞擊力道太強了。」

雖然是晚上，但還有路燈，加上過往車燈，當然可以看的很清楚。

石大哥不經意地轉頭看一眼傷者，倏然間他呆住了！

這位傷者，身穿灰色夾克，雖然頭部明顯的破裂，血流了滿臉、滿身，但依稀可以看出他是留著三分頭的！

石大哥猛吃一驚，迅速轉頭望向不遠處的小山丘。

嚇！一道全黑的影子，就直挺挺地站立著。當石大哥轉頭之際，黑色影子舉高臂膀，向石大哥招了招手！

石大哥當場差點倒栽蔥，他忙忙收回眼，直到結束了救援行動，他始終不敢再看一眼小山丘。

後來他輾轉得知，那位傷者是當場亡故，早沒有呼吸心跳。

另外一次，石大哥遇到一件車禍事件。一輛小貨車，在新北市一個十字路口，跟一輛休旅車對撞。

因為小貨車趕時間送貨車速相當快，在十字路口搶黃燈，想不到對面的休旅車也急著衝出路口，欲轉彎時，休旅車攔腰撞上小貨車。

休旅車還好，但小貨車駕駛座略後方，被撞得稀巴爛。

石大哥趕到現場，費了些力道，很快救出小貨車駕駛，他問駕駛：「撞到哪？哪裡不舒服？」

「還好。」

駕駛看起來還好，但是說話聲音很虛弱，還能說出他的姓名——李平德。

接著警方人員也到場，檢視雙方駕照、詢問雙方姓名時，李平德忽然整張臉都白了，雙眼一閉倒了下去，當然，他被緊急送入醫院。

依石大哥推測，李平德應該是受到強烈撞擊暫時暈眩，因為他整個人都看不出來有流血、或受傷跡象。

過了幾天的個晚上，大約八、九點左右，石大哥開車經過這個路口，紅燈亮了，他踩下發動器，忽然，前面冒出一個人影，轉頭緊釘住他……

石大哥覺得這個人非常面熟，但是想不起來究竟在哪見過？怪的是，怎會有人無端站在路口？

等他車子過了十字路口，他由後視鏡望去，嗯？沒人？

他探出頭從車窗往後看，嘿！就是沒看到剛才那個人。

他想：也許那個人走了？或者是視綫不良，不理他了。

回到家，已經十點多，石大哥停好車，上鎖，走進家門。

自從他發生過車禍後，他媽媽總要等他安全回到家，才能放心去睡覺。

雖然已經很晚了，他媽媽依舊候在客廳一偶，他看一眼他媽媽，隨口道：「還沒睡？」

「嗯。」媽媽在打盹，聽到他的聲音，睜開惺忪雙眼，語音模糊地接口：「有朋友啊？」

石大哥沒聽清楚媽媽的話，進廁所上完小號，又走出來：「媽，以後不要等我了，這麼晚，還不快去睡？」

「嗯？嗯？你朋友呢？」

「什麼朋友？我一個人回來啊！」

「喔。」媽媽隨便看他一眼，便進房去睡了。

石大哥的習慣，是回到家後洗個澡，東摸西摸一陣子再上床。

他掏出口袋內鑰匙、發票、小鈔，一股腦丟到客廳桌上，又倒杯水喝……

忽然，大門響起輕微敲門聲。

他沒在意，喝完水放下杯子，轉身就進房間。

就在他準備上床時，忽聽到客廳茶杯有被碰撞發出的聲響。

他直覺反應，是蟑螂，老鼠？

一躺下床，杯子又發出聲響。他這才感到不對勁，小動物沒有這個能耐，發出這麼響聲音。

事實上，石大哥今天累了一天，已經很有睏意了，一沾上床，腦袋就模模糊糊。然後，他……

次日早上九點多，石大哥才起床，他看到客廳桌上，放了一張非常顯眼的名片。

潛意識讓他拿起名片端詳了好一會，隨手放下，開始忙他一天的工作去。

很奇怪，今天工作很輕鬆，可是竟然一再出現輕微狀況，使他回到家時也是十點多。

他媽媽依然在等門，他告訴媽媽，以後不要等他先去睡；媽媽依然問他，有朋友？

總之，這一切狀況，跟昨晚一模一樣，他已躺到床上了，聽到客廳茶杯，發出碰撞聲響。

然後，一沾上床，他腦袋就模模糊糊。

然後，他……

早上醒來，潛意識讓他拿起名片，又隨手放下。

連續三天、三夜，他的生活模式幾乎一模一樣，直到第四天晚上，他媽媽開口問他：有朋友啊？

他恍恍然，問媽媽：「妳看到我朋友？」

「就你後面跟了個人，我以為是你朋友。」

這刻，石大哥心中升起一團疙瘩，上床時他刻意保持清醒狀態，等客廳發出聲響時，他悄然走出房間，偷窺客廳……

赫！果然有個人影，突兀的坐在客廳椅子上。

「小偷！」石大哥大喊一聲，就要開燈。

——不……不……要……開……燈……

聲音陰沉又拖很長，石大哥覺得被聲音左右了，他垂下手，只聽聲音又起：

——說了三次……你都不願意幫幫我……

石大哥明明知曉自己沒開口，意念卻升起這樣的疑問：「什麼事？你是誰？」

——你已知道告訴莉莉……我……

接著，又是一片模糊，直到次日石大哥醒來時，感到一顆頭沉重無比，他到客廳喝水。

看到桌上那張顯眼的名片，他輕「呀！」一聲，拿起名片仔細端詳，上面名字是李平德，他的意識恍恍然，陷入回想中。

今天開車出門他沒去公司，而是先到名片上的地址，按開門鈴，一位微胖的女人出來應門。

「請問，是莉莉小姐？」

莉莉狐疑地瞪著石大哥，問道：「你，是阿德的朋友？」

石大哥搖頭：「阿德拜託我告訴妳，他的保險單放在電視櫃子內，靠近最裡面，直立著的一張塑膠袋內。」

聞言，莉莉瞪大浮腫的兩眼，立刻轉身進去，不一會她拿著一只塑膠袋，欣喜的直向石大哥道謝。

石大哥原想離開，莉莉不肯，執意請他進去坐坐。

她說她找了好久，就是找不到這張保險單，這下子有錢可以安葬她先生了。

莉莉還問他，怎會知道保險單的事？

石大哥從頭說起，他原是救難隊隊員，前幾天在路口，遇到李平德一路跟著他回家……云云。

「怎麼不告訴我？還麻煩您？」

「或許我可以看到他，也或許是我救過他，誰會知道？」石大哥不解地問：「可是，車禍那天他還好好地，沒看到他有受傷或流血，怎麼說走就走了？」

莉莉嘆了口氣，原來李平德送到醫院前，人就昏迷不醒，醫生檢查不出毛病，過不到一個多鐘頭，發現他渾身青紫呼吸已停止了。

最後才查出來，車禍時，脾臟破裂，內出血而亡。

脾臟破裂，外表完全看不出來，也不感到疼痛。

莉莉黯然的掉下淚，說：「如果那時候，趕快送去全身掃描，可以看出受傷部位，可是時間延誤太久，來不及。」

「妳請節哀了。」

石大哥辭別出來，一路上趕去公司上班，心理想著：任務完成，它應該不會再跟著我回家了吧。

才想罷，石大哥無意間覺得眼角一閃，他轉眼看到後視鏡乍然出現一張臉。

又是李平德！

只見它微微笑著，向石大哥舉手打招呼，剎那間消失了。

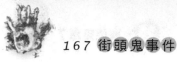

店中厲鬼

幾年前，龍X寺附近有一間銀樓，在光天化日下被一名歹徒侵入搶劫。

當時，店內老闆娘奮勇抵擋歹徒，跟歹徒拉扯之間歹徒亮出手槍，朝老闆娘開了一槍。

緊接著，歹徒立刻跑出銀樓，消失在人群中。那時候，社會新聞版很轟動。

謝美桃和謝美春（化名）是雙胞胎姐妹，家住在桂林路底，轉彎的環河南路上。

有時候，她姐妹倆會來逛龍山寺，因為家住得近，往往會逛到入夜再走回去。

一天，兩姐妹在夜市吃完消夜，逛向西園路，這時候才九點多，馬路上還是很熱鬧，人來人往地。

兩姐妹走到鐘錶行附近，忽然妹妹美春臉色煞白，手緊緊拉住姐姐美桃。

美桃奇怪的轉頭看她一眼，問：「妳怎麼了？不舒服呀？」

美春沒說話，自顧低著頭，拉住美桃急速想往前走。

美桃被緊緊拉住，不得不腳步跟著往前，走了一小段美桃忍不住抽回手，站住腳，皺眉問：「嘿！妳到底怎麼了，問妳也不講，只拉住我拼命走，是怎回事？」

美春轉過頭看了一眼，捂住胸口，深深呼吸，說：「妳沒看到嗎？」

「看到什麼東西？」

美春又往前走幾步路，低聲說：「我……我看到女鬼！」

「咳！別瞎說。這裡人來人往，女鬼在哪？恐怕都被人潮淹沒了。」

「是真的啦！」

美春信誓旦旦的形容著女鬼樣貌：「它披頭散髮，雙眼瞪的超大、超大，簡直都要把眼眶撐破了，眼神兇狠又可怕，它靠近上胸部的地方，有一個黑洞，血直直流淌下來，整個上半身，血紅紅一大片，恐怖極了。」

美桃失笑道：「喔！妳想嚇我？那下次我不帶妳逛夜市嘍。」

「幹嘛不相信我的話？妳不信的話，妳往後走，自己去看看。」

「在哪？在哪裡？」

美春手臂往後一指：「看到沒？那一家銀樓。」

美桃抬頭看去，廣告板上寫著：「金ＸＸ銀樓。」

接著，美桃又轉望騎樓下面，只看到過往行人如織，沒看到什麼女鬼。

「這樣看不到，妳得走過去，女鬼坐在裡面正中央。」

不信邪的美桃真的走過去，走到店門口假裝欣賞金飾，還不時的望向店內。

但是，沒有就是沒有！

兩姐妹爭執不下，逛夜市的心情都沒了，一面走回家還一面爭執。

回家之後，美春鼓著腮幫子嘴巴翹得半天高，一副很不爽樣。

謝爸、謝媽看到了，問她倆發生什麼事？

美春不願意說，一扭屁股回房去了。美桃嘻笑著，說出方才美春說的情形。

聽著時，謝媽跟著笑道：「芝麻小事，也有得吵啊？」

謝爸當場變了臉色，謝媽發現了，反看著丈夫：「怎麼了？你臉色不好看哩。」

「以後，妳跟妹妹儘量不要經過那裡。」

「爸！你也相信女鬼喔……」

「不要說啦！」謝爸忽然呵斥著。

連謝媽也不解了，後來謝爸告訴家人，社會新聞曾報過這則消息。

美桃這才知道，原來妹妹美春真的可以看得到那種東西。

以後，若有事經過時兩姐妹都不敢看銀樓店內，還加快腳步離開。

接著，謝媽告訴美桃，美春小時候發生過的事件。

那時候雙胞胎只有三歲多，不太會講話，只是妹妹似乎很有畫畫的天分，喜歡拿著筆亂塗鴉。

謝媽怕她在牆壁上亂畫，所以常會拿紙、筆給她，而她往往畫得忘了喝奶，姐姐則是玩著她的玩具。因此，兩姐妹從小都各玩各的，幾乎都不會吵架。不了解的人，還以為她倆感情很好呢。

倆姐妹滿三歲的那年冬天，外面下著雨，天空陰鬱，屋內更暗沉。做完家事，謝媽意外發現，妹妹抓著筆畫了個人物。

「妹妹，妳畫誰呢？不像媽媽唷，媽媽後腦杓，沒有包包呀。」

不太會說話的妹妹伸出小手，指著她前面不遠的一把空的籐椅子，謝媽當場心口一跳。

謝媽再看仔細些，發現妹妹畫的人物，很恐怖。

一個婆婆，後腦杓梳了個髮髻，穿著一身黑衣服，垮著一張老臉，兩顆眼睛看不見眼白，就是黑黑的兩個眼睛。

謝媽不想看妹妹繼續畫下去，便拿著她愛吃的糖果，想騙她停下手。

妹妹搖著頭放下筆，把手放到眼睛處，往下拉著兩邊眼角，又伸出舌頭，皺緊雙眉，最後放開手，又指這著空藤椅。

妹妹的意思是要告訴謝媽，她沒有畫完，坐在對面藤椅上的婆婆，會生氣，生氣就皺眉、眼尾下垂、伸長舌頭。

謝媽更詫異了，家裡什麼時候出現這樣個婆婆？

妹妹連續畫了兩天，都在畫「虛擬」的老婆婆，謝媽沒辦法阻止她，只好隨她了。

第三天吃晚餐時，謝媽一位手帕交，黃太太來找她。

「怎麼辦？我婆婆突然死了，我先生剛好出差，我不知道該怎麼處理。」

「她什麼病？」

「平常常喊著腰痠背痛，那裡痛、這裡痛的，我想大概是老人一般的毛病。誰知道大前天晚上，她突然沒了呼吸，我緊急送她去醫院，醫師檢查後說她已經過去了。」

「她現在在哪？」

「在醫院的冰凍庫，我不知道該如何辦？要找誰？」

「一般都會有殯葬社的人出面處理不是嗎？」

「喝，有兩、三家跟我談，價錢都不一樣，我不知道該找哪家。」

說到這裡，黃太太忽然走向角落，謝媽跟著轉眼，看到角落一疊書報，最上面的赫然是妹妹畫了兩天的老婆婆畫像。

「唉唷！」黃太太低喊出聲。

「怎麼啦？」

「妳家怎會有這個畫像？」

「小孩子亂塗鴉，別理它。」

「哪個小孩子？」黃太太追根究底的問。

謝媽只好說出是妹妹亂畫的。

「她不是亂畫……」黃太太慎重地端詳著：「這個人，是我婆婆！」

「啊！不會吧！」謝媽大吃一驚。

「真的！雖然是小朋友隨便亂塗，但畫中人的特色，都勾勒出來了，但我婆婆斷氣時，是伸長了舌頭的。」

謝媽心口「咚！」的一跳，妹妹曾做出過這個表情，但是，謝媽怕跟亡者有什麼牽扯不想說出口。

後來，謝媽幫著黃太太處裡她婆婆的後事。

只是謝媽想不透，過世的婆婆怎會跑來她家，還讓妹妹看到？

難道，婆婆知道她媳婦會來謝家找謝媽幫忙，所以就先一步來謝家了？

這事過後，大凡附近有喪家或做法事之類的，謝媽都儘量讓妹妹避開。當然，她也沒讓家人知道妹妹有這個能力。

鬼搭車

據報載二〇一六年元月份所刊載，日本發生了三一一海嘯之後，曾有計程車司機，載到客人指定的地方後，司機回頭一看，客人竟然憑空消失了。

而客人指定的地方，正是發生海嘯之處——福島。

據說，還不只一位計程車司機遇見過。

只是，客人憑空消失還好，怕的就是客人竟然緊附在計程車上，不肯離開，那可怎麼辦呢？

林天良以開計程車為業，他也遇到過這種事，地點是辛亥隧道。

其實，辛亥隧道早有許多傳聞，有的是進入隧道後開很久的車子，卻始終走不出隧道，感覺這隧道無窮止盡。

有的是進入隧道後，頓然發現車子變的很沉重，方向盤很緊迫，原來是有東西蹲坐在車頂上。

有的是在隧道行進間，偶一側眼看到車窗外，有個行人正以跟車速一樣的速度，同個方向向前奔行。看到窗外的行人走得不疾不徐，卻跟車子一樣快，那位計程車司機當場飆出一身冷汗，回去後足足躺了三天。

像這種傳聞，相當多，不一而足。

計程車的工作蠻辛苦，吃飯時間不定、休息時間也不定，一切都以客人為主。

一個下雨天，林天良車子開在羅斯福路，已經很晚了，他原是想回家休息，哪知道一道人影站在淒苦的雨中。

林天良基於賺錢優先，他想都沒想把車子「唰！」一聲，停在人影面前。

這個人上車後說出地址，林天良立刻踩下油門，車子快速往前奔馳。

他很高興，想不到逢遇下雨天準備要休息了，竟然還能載到客人。

而且，客人由羅斯福路要到民權東路，這個路程很遠，至少可以再賺個幾百塊哩。

雨愈下愈大，雨刷拼命的刷卻總刷不掉雨水，因而顯得面前相當模糊，不過林天良不以為意，滿心就是賺錢，賺錢，再賺錢！

車行一大陣子，終於到了民權東路，客人沒有出聲，林天良當然就繼續往前開，車子經過中山國小、越過建國北路、經過榮星花園。

這時，雨小了下來，不再有哄轟大雨聲。

林天良轉過頭，問道：「請問，你要在哪停車？」

赫！車後座，空無一人！

林天良猛吃一驚，迅速把車給停靠到路旁，尋找後座、車踏處、完全看不到人，他甚至下車仔細尋找一遍，還是一樣！

林天良摸摸鼻子，意態闌珊的只好開著車回家去。

過了兩天，他經過羅斯福路，好巧又下起雨來了。

那時不很晚，大約八點多左右，路旁有人招手要搭車，林天良很快的把車停在客人面前。

林天良看一眼客人，可能因為天色暗黑，客人的臉色顯得特別蒼白，此外沒有任何異狀。

車子朝前奔馳，轉向民權東路，一路經過中山國小、越過建國北路、經過榮星花園……

客人一直不吭聲，林天良看了一眼車內的後視鏡。

呃！後視鏡中，是一張猙獰、血流滿面的鬼臉！

林天良猛張大口，聲音卡在喉嚨裡喊不出聲，他迅快回過頭。

客人好端端的正坐著，轉瞪林天良，不悅的問：「怎麼啦？」

「啊！沒事……請問……到哪下車？」

就在這時，前方突然發出巨響的車子「叭叭」聲。

原來，林天良車子偏歪向對向車道，他嚇一大跳，急忙回頭轉回方向盤。

客人發出殷惻惻的、低沈的聲音，說：「小心呀！車禍很可怕。」

林天良沒有答話，心中忐忑了好久，車子到了復興北路的圓環，他問客人到哪？

客人沒有應話，他再度看著後視鏡，赫！沒有人？

就跟上次一樣，客人憑空消失不見了！

把車停在路旁，林天良檢查一遍，最後只能眨巴著眼，沒轍的開著空車，走了。

已經連續發生兩次了，再鐵齒的人心理也會發毛。

林天良去廟裡燒香，求了一道平安符掛在車前，然後他儘量避開跑羅斯福路這個地段。

過了幾天的平安日子後，林天良認為沒事了。

這天，他載到一位客人在羅斯福路下車，客人下車後林天良正要開走車子，突然間，後座傳來聲音：「民權東路。」

大吃一驚，但林天良不敢回頭，先看著後視鏡，唔……是正常的客人。他也望著林天良，又說了一遍去的地點。

實在不想載，很想請他下車，但這時林天良心與口悖，仍不自覺地踩下油門，握著方向盤直往前。

這次，車行路線就跟上回一樣。

一面開著車，林天良一面逐漸恢復自我，雖然這會兒天尚未黑，可是他心裡湧起深深的不安，想著：我的媽呀，平安符沒有用嗎？還是……這鬼東西太強盛？

「我沒有害你，不要咒罵我。」

猛吞口口水，林天良心想：白搭我車子，讓我害怕，還說沒有害我。

「我會給你車錢。」

這會兒，林天良明白了，它可以聽見自己心裡的話：我沒有犯你，為什麼找上我？

「唉……黃皂。」

長長舒口氣，它沒有再說話，因為這時候，車子過了榮星花園，它肯定又不見了。

車子又開了一段路，林天良悄悄轉回頭，果然後座是空的！

接著，林天良休息了幾天。等精神好一點了，他才繼續開車上路。

只是，今天有點奇怪，既不覺得頭疼也沒有生病跡象，就只是感到渾身輕飄飄地，腦袋渾渾噩噩地。

一路開著車，赫！竟然不知不覺，又開到羅斯福路上！

他乍然清醒過來，把車開到路旁，想乾脆違規回頭換路線。

不意，前方有兩個人，一個中年女人、一個年輕男人跟他招手，還走過來想上車。

「對不起，我……」

話說一半，林天良發現年輕男人手中捧著個香爐、一張照片，而照片上的人，有點眼熟。

「拜託，拜託啦。我等了很久，剛好遇到你的車。」

不得已，林天良打開車門，他兩人坐到後座，說：「民權東路。」

「赫！啊！我……我不想再去那裡。」林天良不只心跳，加身跳，頭差點撞到車頂。

「怎麼了？」

林天良轉回頭，對上了照片上，影中人的雙眼彷彿在瞪他。

但顧不了這許多，林天良說：「沒有騙人，我遇到鬼，已經好幾次，都白搭我的車，叫我載它去民權東路。」

捧著照片的年輕人和中年女人對望一眼，中年女人雙眼泛淚地說：「你不要亂說，什麼鬼不鬼的。喏！這是我兒子，你遇到的是不是他？」

迅快瞄一眼照片，林天良眨眨眼，說是不得、說不是亦不得。

「我夢見我兒子跟我說，他欠人家錢，我就覺得奇怪，他向來乖巧哪可能欠人錢？」

「妳……妳兒子怎了？」

原來，她兒子在這裡發生車禍，被後方疾駛過來的車輾到頭，安全帽碎裂，連頭部也碎裂，當場死亡。

她兒子遺體，被送到民權東路上的市立殯儀館。

但前兩個禮拜都招不到他的魂，殯葬業的人告訴她，逢它的七七之日，頭七、二七、三七都可以，必須到現場再招一次魂魄，引它回到肉體存放處。

今天是它滿二七，所以媽媽跟弟弟來到這裡，引渡它的魂魄。

聽到這裡，林天良感到心有戚戚焉，二話不說踩下油門，車子向前去。

路上，林天良忽然問道：「黃皂，是誰？」

「啊！就是我兒子的名字呀！」

林天良了解的點點頭，到達目的地，他不想收他們車費，想不到黃皂的媽媽，硬塞給他將近十倍的車錢。

說到此，林天良淡笑著說：「其實，它們也有它的苦處。這也算是我的一段際遇，遇到黃皂，我才明白，它們並不如想像中的可怕。」

陰鬱的閣樓

徐家卉大學剛畢業，同學林怡君跟她說，她打工的餐廳需要人，問她去不去？因為剛畢業還沒找到工作，賦閒在家。所以，她想都沒想就一口答應了。

這間餐廳，位於台北西門町，賣的是套餐，生意好得不得了。

餐廳共有兩樓，頂上三樓是個小閣樓，範圍不大，專供員工上班時換工作服，還有就是讓員工置放私人物品。

每天來上班，首先要由旁邊一到樓梯，直接上三樓，換過工作服再經過內梯，下樓報到。

上了幾天班，徐家卉感到可以駕輕就熟了，工作得很愜意。

唯一讓她有疑問的是，整座餐廳內無論哪層樓、無論何時，都是一片暗濛濛的。

她以為所謂餐廳嘛，就是注重氣氛，如果店內太明亮了就失去那種氣氛了。

第三天，徐家卉輪到晚班，大約在四點左右報到。

她一來，就從旁邊樓梯，直接爬上三樓。

就在她爬到二樓頂，再上兩階就是三樓時，她忽然聽到輕微的「喀喀」聲。

她轉眸望向左邊，看到閣樓地上，出現一雙腳。這腳超小，還穿著腐舊黃色的包仔鞋。

黃色應該是很亮麗的顏色，但這雙鞋在黃中帶著褐色，所以看起來它像極了陳年腐敗色。

「嗯？誰呀？那麼早來？」徐家卉自言自語地問。

等她爬上三樓樓閣，卻發現那裡沒有半個人！

她不可置信地前後左右查看一遍，真的沒人！

她一面換工作服，一面歪著頭，就是想不出來哪裡有問題！

視力問題？幻覺問題？還是……其他同事跟她開玩笑？

不！完全不是，她自信視力沒問題，也沒有幻覺的問題，這裡範圍就那麼丁點大，根本無法躲人，哪可能是同事開玩笑？

無解的事件她不想想太多，換好工作服自顧下樓，開始一天的工作。

這家餐廳，晚上下班比較晚，再等到客人離開、收拾場子後，幾乎都到十點多。

一天，徐家卉輪到早班，一位員工梁曉梅來找她：「拜託，跟妳換班，好嗎？」

「這個，不太好哩。」

通常，下午到晚上客人多，會比較累，所以大家都喜歡輪早班。

「拜託！拜託啦！」

受不了梁曉梅請託，最後徐家卉還是點頭。

今天，客人很晚離開，又不能趕客人，所以下班得晚。

等所有工作結束，徐家卉才發現，大夥全早早換下工作服，而她是最後一個上閣樓換衣服的。

不知是什麼原因，這會兒閣樓看來特別暗，徐家卉換工作服之際，忽然聽到一聲「嗤！」輕笑。

她循聲轉過頭，看到左面一方布簾底下，有一雙特小的、穿著腐敗黃色包仔鞋。

當下，徐家卉心中大喜，想到：呵！這可抓到人了！看你往哪躲！

於是，她掂輕腳步，慢慢移向布簾……等立定在布簾前，猛然間拉開！

「哈！抓到你了！」

話未說完，徐家卉愣住了！

布簾後面是整片木板，哪容得了人站立？

就在這時，一縷炙熱氣焰襲向徐家卉，她感到臉部、雙眼熾烈、灼痛：

「啊——」

緊接著，一陣腳步聲傳來，有人上樓來了。

原來領班剛好準備換衣服，聽到徐家卉的喊聲，急忙跑上樓來。

「發生什麼事了？」

看到被掀開的布簾，領班粉臉乍變，怒道：「誰讓妳拉開這布簾啊！」

「我……看到一雙腳，出現在布簾後面，以為有人躲在這裡。」徐家卉吶吶的說。

領班用力拉上布簾，還慎重的吩咐徐家卉，以後不要亂拉這塊布簾。

人呢，最怕的就是好奇心。

雖然領班這樣吩咐過，但只要一到閣樓來，徐家卉總要一再偷偷檢視布簾，不過就是很一般的室內屋子，為什麼會有炙熱氣焰衝她而來？

一天，梁曉梅又來找徐家卉，請求跟她換班。

「No！」徐家卉一口回絕。

「拜託、拜託、拜託啦！」

「除非……」徐家卉有意賣關子。

梁曉梅睜大一雙細小眼睛，認真望住徐家卉。

徐家卉放低聲音，說：「除非，妳跟我講三樓閣樓的祕密。」

梁曉梅先是一愣，繼而變臉，接著猛搖頭。

徐家卉雙肩一聳，轉身就走，卻讓梁曉梅給拉住了。

「唉，不要這樣，我不知道閣樓有什麼祕密，我是因家裡有事，晚班不方便。」

「我不信！除非妳說出實情！」

「什麼實情？」

「還跟我裝傻，免談了！」

徐家卉作勢要走，梁曉梅抓住她：「好好好，我說。」

原來，梁曉梅並不知道閣樓的事，只是她看到不可解的恐怖狀況，才儘量不上晚班。

接著，梁曉梅低聲說出……

有一天，晚班下班後，大家都換妥工作服，只剩她一個人單獨在閣樓換衣服時，突然聽見哀哀哭泣聲，聲音似有若無，像很遠又像很近。

梁曉梅傾聽了好一會兒，終於分辨出聲音來源，她跟著聲音尋找，來到布簾面前站定。

聲音忽然消失了，待了好久，她正想離開，冷不防聲音又傳來。

這聲音尖銳又高吭，很像是有人在說話，而說話的人就在布簾後！

她聽了好一會兒更肯定了，依她猜測，不知是哪位同事躲在布簾後面說話。

為什麼要躲在布簾後面說話呢？她想不通，又想知道到底是誰，思索了一會兒，她拉開布簾，赫然看到一幅驚心動魄的畫面。

一個人，很像是女的，頭髮一根不剩，全身四肢，滿臉赤、白、黑、綠相間夾雜，身上衣物也破破爛爛，唯獨腳上一雙褐黃色小包仔鞋是完好的。

顯然，她是遭受到火炙。

她一顆眼珠因為火炙，熟透了般爆吊出眼眶，垂掛在被燒爛了的臉頰上。

剩下唯獨一顆眼球，紅通通地瞪住梁曉梅，黑黑嘴巴，一張、一合，聲音應該是她發出的，但是梁曉梅聽到的聲音，是由四面八方傳來。

她右手撕裂著左手臂，一片又一片燒焦的皮膚被撕扯下來，丟向梁曉梅。梁曉梅想躲，但整個身子像被死釘住般，動彈不得。

唯一只剩下眼睛、耳朵有作用，還有，她感到濃烈熱烘烘氣流，不斷襲向她。

——看看我，皮膚都爛透、爛掉了！我痛呀！痛痛痛，痛呀！

就這樣，不知對峙了多久……等梁曉梅醒過來時，她人已經躺在餐廳二樓沙發上，而且她身體的衣服，好像被火灼過熱烘烘的，救她下樓的同事說，還以為她感冒、發燒。

事後，梁曉梅問同事，有看到布簾後的被火燒的女人嗎？

同事說沒有，只看到梁曉梅昏倒在地上。

雖然遇到恐怖的事，但礙於必須賺錢，梁曉梅只能忍耐的繼續工作。

「我……其實我也看到了那雙穿著褐黃色包仔鞋的腳。」

接著，徐家卉說出她所遇到的情形，兩人一說起來，都覺得布簾後面，一定有問題。但領班卻一再告誡，不要亂碰閣樓上的布簾，所以，此事就不了了之。

不久，徐家卉找到另一個工作，辭掉了餐廳的工作，接著不久林怡君也離開餐廳。

後來徐家卉輾轉聽林怡君說起，原來這家餐廳的三樓，以前發生過小火災，有人被燒死在三樓裡面。

雖然事隔多年，但是被燒死的人始終不肯離開。屋主曾請一位道師來做法，可是沒有用。

於是，道師想了個法子，就是把亡者所在的範圍，用木板隔起來，木板裡面貼著符紙，布簾的後面也貼了一張符紙，據說這樣雙重加強的法力可以阻擋住它，不讓亡者出來驚嚇人。

屋主把二樓以下屋子出租，都會跟承租者說清楚，三樓木板隔著的部分，絕對、絕對不能去動它。

木板和布簾上的符紙，因為不容易被發現，所以來這裡上班的員工，幾乎都不知這件事。

老闆當然跟領班交代過，三樓木板的地方，務必不能亂碰，其實林怡君剛來上班報到時，領班也向她交代過不能碰到布簾。

因為沒出過什麼怪事，一直相安無事，對於後來的員工，領班也忘了交代，體質比較敏感的人，像徐家卉、梁曉梅等，就容易遇到、感受到了。

現在，這家餐廳依舊矗立在西門町持續經營呢。

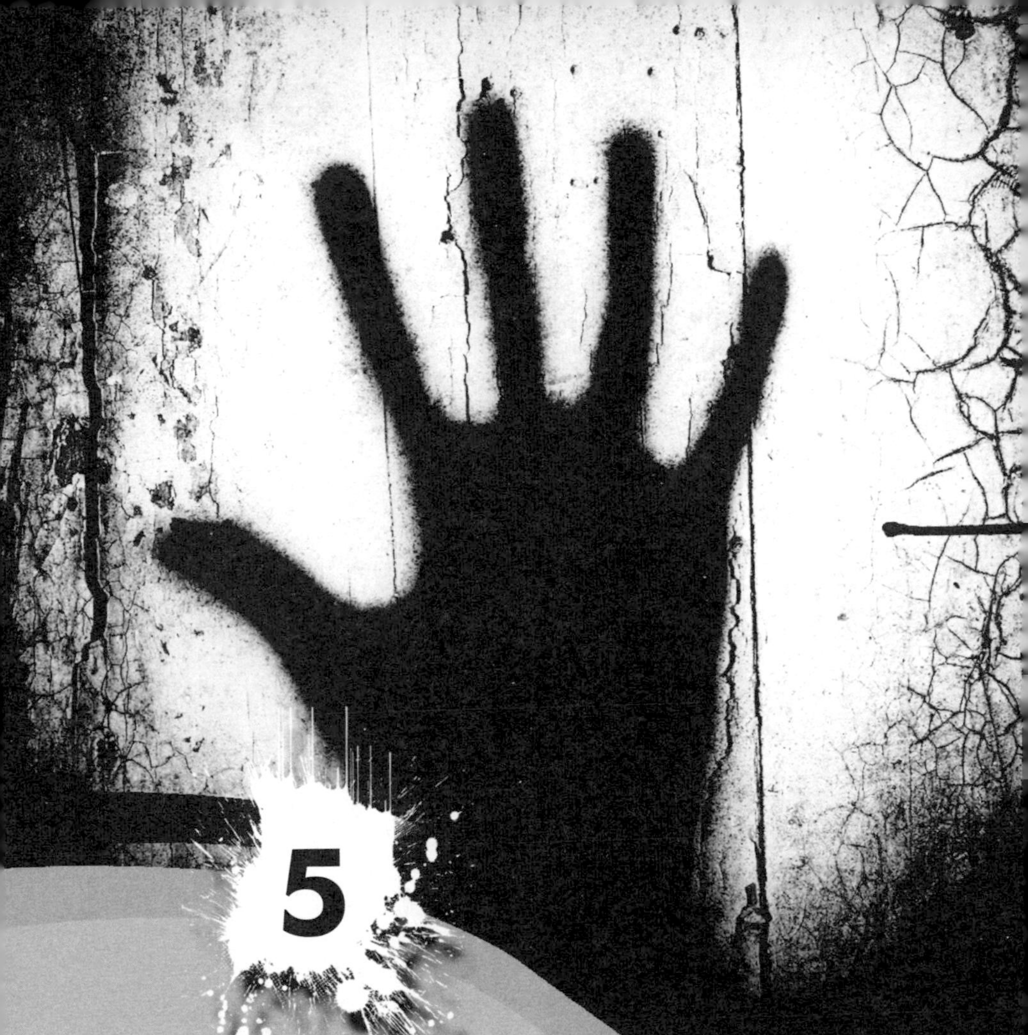

5

大都會鬼事件

鬼屋尋鬼

基隆有一間坐落在山邊，廢棄數十年，殘破不堪的屋子，聽說裡面鬧鬼。

阿豪輾轉聽朋友說起，就去找好友小吉，兩人一商量，馬上約定時間，想去探個究竟，一來，表示自己有膽量；二來，想看看鬼長怎樣？

畢竟年輕人，青春不要留白，尤其是恐怖的事，讓他們可以在女友面前吹噓。

在此，先說明一下，小吉有個哥哥——阿慶，他書讀得好，又是籃球選手，人長得又俊俏，小吉很崇拜哥哥，總把哥哥的俊俏大頭照，隨身攜帶，每跟好友出去，或聊天、談話，有事沒事，總要吹噓一番哥哥的長處。

這天晚上，月黑風高，又飄著毛毛細雨，小吉原想取消原約定，但受不了阿豪的慫恿，只好把腳踏車牽出來。

「耶，要不要找你哥一起去？」阿豪忽然想起，問。

「幹嘛找他？他要考試了，沒空。再不出發，我可能會改變心意喔。」

兩人各騎一台腳踏車上路。

從市區騎車，沿著和平島線，不到半個鐘頭，兩人就到了到那間鬼屋。

鬼屋背倚山、面海，是兩層建築，外表看來，真的很殘破，玻璃窗戶幾乎都破了。

兩人把腳踏車停在旁邊泥地上，開始猜拳。

小吉輸了，所以他得先進去，就在這時，忽然颳起一陣風。

「咯、咯～，吱～ㄚ～。」

兩人大驚，縮在一堆，轉頭望去。

原來是殘破的大門，被風吹得一開、一闔，還發出怪響。

好一會兒，阿豪催促小吉，還不快點進屋去？

不知是因為剛剛受到驚嚇，還是害怕，小吉沒進大門，反而繞到右邊的窗前，從殘破的玻璃窗，鬼鬼祟祟往內看。

阿豪輕巴甩著小吉的頭：「喂！看個什麼勁？直接進去就對了。」

小吉呵呵笑著：「你笨唷！如果裡面有漂亮小妞，會讓你看到嗎？我這叫做探路。」

「探你個大頭啦，怕就說怕嘍，哪來那麼多花招？」

「喏！我哥教我的。」說著，小吉伸手入口袋，掏了掏。

「停停停！拜託！不要再把你哥現出來。」阿豪拉住小吉的手，說。

小吉真的住手，但仍舊往破窗，往內窺視。

阿豪耐不住，正要開罵，小吉忽然狂退一步，臉色青白地向阿豪說：「裡、裡、裡面……有人！」

阿豪神色也凝結著，卻猶不相信，他看了一眼小吉，小吉全身發顫，阿豪湊近窗口看。

就在這時，小吉推著阿豪，猛發出尖聲狂吼：「啊——」

阿豪被推，頭撞向破窗，冷不防又被嚇一跳，差點魂飛魄散。

等他轉身時，小吉一跳，一溜煙早跑開往大門去了。

「我靠！」阿豪咒了一聲，摸摸額頭痛處，也跟進大門。

雖然室內暗濛濛，但有路燈餘光，依稀可看出屋內擺設，客廳裡有桌子、沙發、櫥櫃。

「哇——我的媽啊！」小吉突然叫著，往後奔，躲入阿豪身後。

「你個小子！」阿豪以為小吉又作弄人，跟著小吉轉側著身軀，面向他一股腦吐出他所知道的髒話：「臭你個×、王八蛋小子、雜碎……。」

罵夠了，小吉也幾乎都蹲縮在地，阿豪像拎小雞似的拎起小吉，小吉垂著頭，不斷顫抖著，伸出手，指著阿豪背後。

「喂！不怕我告訴你哥，你是個膽小鬼。」

小吉徐徐抬起頭，乍見阿豪的臉，狂喊著，聲音驚裂成兩叉，死命掙脫阿豪的手，奔出大門。

見狀，阿豪感覺有異，忽然，額頭癢癢地，他伸手摸著額頭眉毛，赫！手心一縷殷紅血跡。

是剛才小吉推他，頭撞到玻璃窗受傷的吧……

當阿豪這樣想著時，後面頸脖忽襲來一股冷冽寒風，還夾雜了一股讓人欲嘔的臭味，他想到剛剛小吉伸手指他後面，莫非……

他徐徐轉身，啊！一個比他略高的，臉上五顏六色、猙獰至極的東西，擴裂到兩腮的大黑嘴內，吐出一根長舌頭，正在舔他頸脖，隨著他轉身，舌頭拂過脖子，轉到他嘴角，就要舔他到的嘴了！

「啊！呀——啊——」

這聲音，不是阿豪的慘叫聲，竟然是它！

原來，阿豪額頭上的血，有避邪作用。只是阿豪並不知道。

它連啊幾聲，迅快收起舌頭，往後飄退，退向牆壁，瞬間消失！

阿豪整個人幾乎軟倒，可是他畢竟年輕，膽大，奮起餘力，轉身往後朝大門跑去。

等跑出大門，他發現小吉已經跨上腳踏車，騎往大馬路去了。

「喂！等等我，等等我啊！」

阿豪歪斜著腳步，拉住手把，整個人近乎摔上車墊，數度歪跌、數次踩錯踏板，最後乾脆用腳代車輪，狼狽地跑了。

小吉哭喪著臉，告訴阿豪：「我慘了，慘了。」

「我才慘呐，差點吸到鬼的口水！臭死了。都嘛是你，被你害死了。」

「拜託，跟我再去一趟。」

阿豪猶豫，又不可置信地看著小吉。

「我哥的俊照片，掉在鬼屋啦。」

「哈哈哈！這才叫報應。誰讓你耍我？啊！有種自己去啊！」阿豪興味十足的調侃著：「看到你哥照片，鬼會嚇個半死。」

最後，拗不過小吉哀求，阿豪答應陪他去。但是有個條件，就是要在晚上去。那天的際遇看來，阿豪感覺鬼並不可怕，他說，他還想看個仔細。

小吉有求於人，不得不應允，只是他希望別像上回那麼晚。

於是，兩人決定下午五點，走一趟鬼屋。

從外觀看，鬼屋其實看不出來有鬼，就只是一間殘破、傾倒的廢棄屋而已。

這時，已經是快六點了，陰鬱的天色，暗的早，加上幾陣寒冽海風吹來，更增添幾分詭譎氣氛。

停妥腳踏車，兩人小心走向鬼屋大門，忽然：「啪」一聲，兩人嚇得心口一縮、收腳。

原來是小吉踩到一枝枯樹枝。

阿豪繼續往大門走，小吉繞道右邊的窗口，想看看，照片是否掉在外面窗口下。

耶！真的有一張四方形紙張，大小就跟照片差不多，但太陰暗了，他必須再往前，才能看個清楚。

這時候，阿豪已走到大門前，正伸手要推門；在此同時，小吉彎身，看那只是一張白紙。

「呼呼——喝喝——還不快進來。」陰寒、悶低聲音，由屋內傳出來。

阿豪迅速縮回手、小吉則站的直挺挺，兩人滿臉驚恐，面面相覷，接著兩人一點頭，表示他倆都聽到了。

「還不快進來？小吉、阿豪！」屋內再次聲響。

互瞪著的兩人臉上，剎那間，同時出現各種表情，包括訝不解、驚詫、訝異。

好一會兒，小吉忽然高興地說：

「快進去！是我哥哥！」

阿豪不相信，但小吉已快步進屋內，他只好跟著進去。

屋內一片暗黑，外頭路燈尚未亮，但偏偏兩人都可以看得清楚。

只見暗濛濛的屋子，一個臉容英挺的人站著，他，不是阿慶，又是誰？

「哇塞！哥，你怎麼在這裡？太好了。」小吉奔向前。

阿豪始終存疑，因為他們從來沒告訴過阿慶關於鬼屋的事呀！

「哥，你知道我們來這裡，才找來的嗎？」小吉說著，轉頭望向阿豪：「我哥在這，沒什好怕的了，哈哈。」

阿豪不敢跟他兩兄弟靠太近，這時，阿慶轉眼盯著阿豪，阿豪尷尬的微一頷首。

「你，」阿慶僵硬的抬起手，指著阿豪：「心裡，有，疑惑唷。」

阿豪一怔，緩緩回：

「唔，沒有呀。」

阿慶轉轉眼，說：

「你兩人，把我，照片，弄丟，我來，幫忙找。」

小吉更得意了，他對阿慶稱讚一番，又轉向阿豪說：「不是蓋的，我哥很聰明，對不對，你都不相信，這下子好了，讓你見識。」

阿豪一直在注意阿慶，他發現阿慶整個人像木材，身軀、臉容、都沒有任何動作，甚至連說話都一字、一頓，真的怪異極了。

阿豪才想到這裡，阿慶竟向他招手：「來，過來，過來。」

「我不……」阿豪不想過去，又想不出拒絕的話，搞得臉都紅了。

小吉接口道：「哥，你找到相片了嗎？」

阿慶像卡通人物，一動、一停地轉向小吉，點著頭。小吉雀躍地問他：在哪？並拉著阿慶，轉身，往裡面去。

阿慶跟著轉身，兩人面朝裡、背向阿豪，阿豪眨著眼的剎那間，看到小吉的身旁，隱約看得出是一張人形薄紙片！

亦即說，小吉做出跟人拉手的動作，但事實上，只有他自己一個人！

看到這裡，阿豪整個人，沸騰起來，他知道要趕快跑，但雙腿抖慄不已，讓他無法動彈。

所幸，阿豪的嘴還管用，他揚聲：「小吉！趕快跑！」

聽到這話，小吉轉過身，看不清他的五官，整張臉被刀畫了個大叉叉，切割成四片，四片顏色不一，有紅、青、黑、紫。

顧不了顫抖的腿，阿豪狂吼一聲，拔腿就衝出門外。

「阿豪！」小吉想追上來。

可是，阿豪不見他出來，只聽他發出慘哀聲音，一陣又一陣！

次日一大早，阿豪找許多人一起到鬼屋，小吉被發現躺在鬼屋內，臉上就是被畫成大叉叉，四個顏色。回家後，小吉病了一個多月才痊癒。

而阿慶的照片，則被發現掉在屋外的窗口下。

事後，阿豪聽老一輩的人說起：人死後變成鬼，鬼在原處待太久，無法或不想離開，它吸足了陰氣，就形成了「地縛靈」。

「地縛靈」有變幻的能力，它看到照片，模仿成照片內的人形樣貌，來迷惑人們。

靈堂許願

阿水伯曾說過：「如果，有人家裡新添亡者，在七七四十九天之內，對著喪家，靈堂前默禱許願，可以滿願。」

另有一說：「在路上，遇有喪家出葬，當街咬破指頭，對著棺材默禱許願，也可以滿願。」

是真？是假？沒人知道。

但阿水伯鄰居，林尚志聽了，卻默記在心。

林尚志大約四十多歲，沒有正當職業，跟老母親相依為命，老母親撿破爛，他偶爾打個零工，加上貧戶補貼，倆母子才勉強可以過日。

找不到工作，大半都休憩在家的林尚志，天天在等機會。

一天，終於讓他等到了！

林尚志鄰居一名新亡者，是個老婦人。這個發現，讓林尚志雀躍異常，於是，他細細策劃。

依他所想，夜晚屬陰，對喪家許願，應該要在晚上，比較靈驗；還有，不能被人看到，看到就不靈了。

於是，每到晚上八點過後，林尚志就徘徊在喪家左近，等候時機。

這天，機會終於來了。

他看到喪家跟著一位道師，又是誦經、又是燒紙錢。還圍著燒旺的紙錢鐵桶繞圈子。

他早探聽過了，亡者每逢見七，喪家都會舉行這些儀式。

等喪家逢七儀式完成，已經十點多，這時，前後左右、街道上都沒人，林尚志在喪家靈堂街道的對面，咬破指頭，用血指朝喪家拜了三拜，心裡開始默禱……

默禱完，他還發願，說事成後，無論對方想要什麼，他都願意滿亡者之願。

過了幾天，林尚志向老母親要了一千元，說有急用。

他母親問他什麼急用？

他說：「媽，妳放心，靠這一千塊，等我賺了大錢會孝敬妳，妳就不用那麼辛苦，再也不必去撿破爛了。」

他母親是個務實的人，哪會相信他？但，還是把身上皺巴巴的千元鈔給他，一面碎碎念著：

「你呀，還是找個工作，比較實在吧。這一千元，節儉點，可以過十天哩。」

林尚志買了彩券後，滿懷希望的再到喪家靈堂對街，朝靈堂拜了幾拜，還默禱一遍。

不到幾天，開獎了，林尚志趕快去核對，果然中了，中了五百元。

雖然數目不大，但足以鼓舞他了，於是，他又如法炮製，把五百元全買彩券。

這次，槓龜，一元都沒中。

他失望了幾天，反省一番，是不是方法不對？還是不夠虔誠？

猜不出來，他想再試一遍，可是老母親說她沒錢了。

林尚志很火大，兩母子吵得很兇，因此，林尚志好幾天都在外徘徊，直到夜深了才回家睡覺。

這一天，他還是到了十一點才回家，一踏入家門，赫然看到漆黑的小客廳，地上趴了個影子。

他原本看都不看，就要走進房間。但一想，會不會是母親病了？

於是，他踏前一步想看究竟，忽然，有一股透著陰寒的聲音響起：

——尚志，你是尚志？

林尚志轉頭，四下左右看一眼，沒有人呀？

就在他怔忡之際，一個異象，引得他轉頭——是眼前趴在地上的影子！

林尚志吃了一驚，不自覺退到門邊，眼睜睜的盯得一清二楚。

確切的說，是影子分離成兩個人影，一個繼續趴著，另一個卻爬起身來！

爬起身來的這個，呈透明狀，徐徐轉身、轉頭，望著林尚志。

林尚志心口猛跳著，以為是母親，可是他定睛一看，不是！

她，是個老婦人，跟母親差不多上下的年紀，但整個身體瘦得皮包骨，狹長老臉猙獰、嚇人，睜的突大的眼眶，都是眼白，唯有當中，鑲著一粒小小的黑瞳。

老婦人乾癟而黑的嘴巴，一張一闔，似乎在說話。

但是，林尚志聽到的聲音，卻是從身後傳過來。

他駭異的轉身後，迅速看一眼，身後沒有東西呀！

——林尚志？你是林尚志？

陰寒聲音，使他忍不住點頭。

——你，沒有還願，你，該怎麼交代？

「我，還什麼願？我不認識妳啊。」吞著口水，林尚志低低說。

——你中獎，不是嗎？無論我想要什麼，你都願意滿我願。

突然間，林尚志渾身顫抖起來，說不出話。

——你忘記了？

聲音還是從身後傳過來，林尚志轉頭看了一眼後面，再轉回頭，這會兒，他稍微定心了。

俗謂：惡向膽邊生。

被逼到絕路的這時，林尚志仍不忘利益所趨。清一下喉嚨，他揚聲：

「我，我只中了五百塊，後來還槓龜，那不算！」

——你，沒有說，要中多少；也沒有說，要中幾次呀！

頓時，林尚志啞口無言了。

——要跟我討價？呵呵，沒有這回事喔！

「妳、妳想怎樣？」

老婦人倏地瞪大雙眼眶，小粒黑瞳不見了，只有兩個慘白的大窟窿：

——呵呵……我想有人陪伴我，只有這個要求……

後面尾音，拖長，直鑽進他的耳膜，他瞬紅了臉，掩住雙耳，奮力搖頭：

「不！不要！」

老婦人猛然起身，透明體整個向林尚志疾衝而來，林尚志欲閃無處可避，人像被電擊般往後仰倒，昏了過去。

看過醫生，林尚志扶著老母親，回到家，安置她休息。

不過，老母親看來還是很虛弱。

趁著上午，天色明亮時，林尚志找機會，轉到鄰居喪家悄悄探察，他發現新亡者果然是年紀跟母親差不多上下。

他不死心，還特地繞到靈堂前近距離的看亡者相片。

相片看起來還好，老婦人只是纖瘦了點，但是看久了，林尚志感到，老婦人的眼睛似乎是活的，也反瞪著自己呢！

他打了個冷顫，並對自己說：怕？怕屁啦！老子都沒中到大獎，平白要我還願？什麼跟什麼？

想到這裡，他跑到對街，再次面對著靈堂默禱：讓我中一千萬！不、不，讓我中一億，我願意還願，看妳要什麼我都能滿妳所願。

默禱完，他迅速回家了。

當天晚上他睡到半夜，忽然，關得緊緊的大門發出轟然聲響，他吃了一驚，連忙下床，轉到客廳查看。

咦？大門還是關得好好的啊……

林尚志挖挖耳朵，是自己聽錯了吧？正要轉回房間，忽然，他聽到寒冽冽笑聲：

呵呵，嘻嘻。

愣了一會，他走到母親房前，偷偷由隙縫望進去。看到兩個老婦人對坐在床沿，看樣子，似乎在閒聊樣子。

只看到她們兩人身上黯淡的線條，其他部位都是透明的，林尚志定眼望去，喔呀！

其中一個，竟然是他母親！

另一個，正是新亡者老婦人！

就在這時，兩個老婦人一齊轉頭往門隙縫看來，林尚志渾身打了個冷顫，彷彿被釘住了，動彈不得。

但他可能是年輕，氣旺盛，只一下下就恢復了，他咬牙，推開房門跨進內，這當口，透明體的兩個老婦人已經消失了。

林尚志逕自走向床探視母親，他發現母親氣息微弱，手冰涼。他急忙推呀、搖地，喚醒母親。

「媽！妳醒醒！媽！妳醒醒啊！」

叫喚了很久，母親終於醒過來，他問母親哪裡不舒服。

母親有氣無力地開口：「阿志，我沒辦法跟你一起過生活了。你要好好過日子，不要貪心，知道嗎。」

「媽，妳在說什麼啦？」

「她說的對，我們……過的很辛苦，我……我……我不如跟她走。」

「誰？」

母親舉起無力的手臂，指著床尾。說完，她閉上眼，似乎又睡著了。

「媽，不要亂講。媽，媽！」林尚志喚不醒母親，隨著接口：「妳睡吧，明天再說了。」

走出母親房間，林尚志不敢亂看，低頭進了自己房間。

次日，林尚志發現母親不太對勁，怎麼叫、怎麼搖晃，她宛如熟睡了般叫不醒，便急忙送她去醫院。

林尚志哭求醫生救救母親，但醫生說她已經斷氣了。據檢查結果，斷氣時間應該是在清晨三點多。

「嗯……你確定看到的老婦人，是那個新亡者？」

「我求證過，確定是。」林尚志灰頭土臉地說：「可是我不懂，我都照您說的做，不但不靈，還葬送了我媽媽。」

想了一會，阿水伯說：「可以告訴我，你到底何時、如何許願的？」

林尚志低沈地說出向靈堂許願的詳細情形。聽了，阿水伯沈吟半晌，反問道：

「你說，你在十點多向靈堂許願？」

林尚志點頭，滿臉沮喪。

阿水伯掐指算了算，說：「十點多，時辰屬亥末，亥時是豬，跟屬豬者沖煞。」

「啊！」林尚志突然大叫：「我媽屬豬啦！」

阿水伯雙眼閃出精芒：「新亡者即使死氣旺盛，也沒這個能力可以拖走生人。但是你方法弄錯了。」

「怎……怎麼說？」

「你咬破指頭，見血。血光劃破陰陽兩界線，使得亡者陰氣更熾烈，加上你母親既屬豬又氣血衰弱，不足以抵擋陰氣呀！」

鬼新娘

「逢八見劫，災難無解。」

潘小芳是個上班族，跟她的男朋友——曾立閔認識很多年，兩人討論過，想多賺一點錢再結婚，所以耽誤了七、八年。

直到去年，曾立閔祖父發生車禍過世，奶奶傷心之餘，直覺到無常可怕，便要曾立閔在百日內把女方娶過來。

潘小芳原不答應，畢竟太倉促了，可是又拗不過男方一再遊說、請求。

雙方一來、一往的談論期間，時間竟過的特別快，轉眼已過了兩個多月了。

潘小芳終於答應了，反正早晚都要嫁的，只是曾立閔祖父的百日，只剩不到一個月，偏偏這個月碰到農曆七月。男方說百日之內是百無禁忌，是可以娶新娘過門的。

就這樣，兩人在雙方親友的祝福下，結婚了。這一年，潘小芳滿二十八歲。

婚後第七天開始，曾立閔發現潘小芳不對勁。

第八天晚上，他睡到一半，發現新娘不在床鋪上。

翻個身他繼續睡，不知睡了多久，迷糊間他伸手摸摸身旁床位，竟然還是空的！

他瞇了瞇眼，瀏覽臥室內依然不見潘小芳。

這時，他感到尿急，便起身上個廁所。

如廁完，他踏入臥室，猛然間被嚇一跳！

臥室內，只點了一盞小燈，裡面是昏昏暗暗的不甚明亮，雖然視綫尚可卻不清楚。

正當中，直挺挺站了個人，身穿古代新娘裝，臉上蓋著頭蓋。

這一嚇，曾立閔睡意全消，他出聲喚道：「這……幹什麼呢？小芳？是妳嗎？」

對方沒答話，依舊站立著。

兩人僵持了幾秒，曾立閔想，總不能都這樣對峙著吧？

「小芳，不要開玩笑了，明天還要上班吶！」

說著，曾立閔走前一步，忽然，他發現穿新娘裝的人，長裙下擺是空的，她沒有腳，整個人虛浮在空中。

「小芳，妳……玩什麼特技？不要這樣啦！」

話完曾立閔上前，伸手要碰對方，就在這剎那間，面前那人整件新娘裝往下掉，一面掉一面溶解在空氣中……最後，只剩下臉上的頭蓋。

曾立閔瞪大雙睛緊盯住頭蓋，這會兒，頭蓋竟然有如風吹般，下擺掀起一角。

他完全忘記害怕，也忘記這是不可能發生的事，他縮矮著身軀，又偏著頭，想看清眼前這個人的面容。

所幸他還有自制力，沒想上前去掀對方頭蓋。

——呼！呵呵呵……

低沉聲響不知是哭聲？或是高興的聲音，但這聲音讓曾立閔頓然清醒，他低喊一聲，轉頭往外跑。

曾立閔呆立在客廳，想去敲爸媽的房間又覺不妥，最後他躺到客廳沙發睡了一夜。

次日被喊醒，曾立閔馬上去問潘小芳，昨天她到底怎了？去哪了？

「哪有去哪？我在睡覺啊。」

「可是，我明明看到妳站在臥室當中，還穿著奇怪的衣服。」

潘小芳笑了：「你啊！見鬼了。」

潘小芳這句話，勢如鐵鎚，重重敲擊著曾立閔的心口。

過了幾天，適逢周末大家都晚睡，曾立閔睡到一半，感覺有東西拂他臉頰，他張開雙眼。

跟彈簧床同樣高度的床側，赫然出現那晚上的新娘頭蓋，下擺還微微掀起一角！

曾立閔心中一喜，想著：嘩！這下可被我抓到了！潘小芳！看妳怎麼說。

他迅速伸手，一把拉掉頭蓋布！

果然是潘小芳，但是只有三、四秒，瞬間她的臉變了，變成一張骷髏臉，黑洞洞的兩顆眼眶鑽出幾條白色、綠色蛆蛆。

它蠕蠕而動的噁心狀讓曾立閔嚇壞了，猛叫一聲，他跳起來滾往另一邊床鋪，在此同時，頭蓋消失不見，他也發現潘小芳竟然不在床上。

喘了幾口氣，曾立閔下床，找毛巾擦拭著，一面環視周遭。

這間臥室有個衣帽間，平常都關著的。曾立閔發現，關著的衣帽間有光線洩出來。

於是他走到衣帽間，打開門，看到潘小芳穿著睡衣坐在化妝鏡前。

鏡子裡反映出潘小芳的臉，沒有表情，眼神木然、平板、森冷地發著呆。

「小芳！妳怎了啊？」

曾立閔上前，扶住妻子的雙肩，低聲問。

潘小芳整個人一震，動作奇緩的抬手，拂著髮絲，慢慢轉頭，沒來由的說：

「我，等了很久喔！」

「啊？等什麼？」

「等你娶我。」

曾立閔差點失笑：「傻瓜，我這不是已經娶妳了嗎？」

「再一次，再一次喔。」

「什麼再一次？妳說清楚點。」

接著，潘小芳整個人往後傾倒，暈厥過去。

事實上，潘小芳很早就有許多狀況了，只是他都隱忍沒說出來！

曾立閔也有些微的感覺，可是兩夫妻都儘量避開不談。

婚後第二天開始，潘小芳開始天天做夢。

夢境很奇怪，她說不上來，就是每天都睡不好，這麼一來難免精神不濟影響工作，因此上班經常出錯。

剛開始的夢境很紊亂，她走在漆黑的、漫山遍野郊外，到處是荒草，淹沒了路徑，幾乎無法走出去。

她走的精疲力乏，滿頭汗水，在惶然不安恐懼下醒了過來。

夢了將近一週，天天都是荒草。

接著，漫山遍野走盡了，看到遠遠一棟矮屋，潘小芳就醒了過來。

接著，她持續往矮屋走，在曲折小路上看到前面一道背影。

接著，走呀走的，她即將追上背影，又醒了。

她發現，這虛無的夢境，竟然像連續劇般是持續的。

她很害怕，告訴同事、好友，她們教她到行天宮或是龍山寺拜拜，求個平安符。

因此，她去拜拜求個平安符，並抽了一支籤。

據廟祝的解說，這支籤說：這是既定之數，要解，恐怕有困難。

這件事擱在她心中，使她無論何時、何地，都無精打采，精神萎靡。

長輩們以為她懷孕了，頻頻追問，這讓她壓力更大。

夢境讓她睡不好，神經衰弱，逐漸變成她睡到一半，常會起身到處游晃，形成夢遊。

已經好幾次，追到背影後面，夢境就斷了。潘小芳一直好奇，想看背影的真面目，卻無計可施。

這一天晚上，潘小芳又做夢了。

夢境裡她追上了背影，喘著幾口大氣，鼓起勇氣，伸手攀上背影肩胛，用力轉了過來。

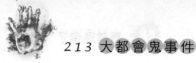

這是她一直想做，卻不敢、無法做的事啊！心中準備這麼久，這這次，終於看到了！

被轉過來的背影，臉孔也轉過來，她大叫一聲，這臉，竟然……竟然是她自己！

潘小芳驚懼的問：妳，怎麼？

她冷冷地笑了，連聲音也是潘小芳：

——我是妳，妳是我，哈哈哈。

飄退了一大步，她揚聲說：不，不可能！

——我，告訴妳吧，如果想知道我，拿掉妳的護身符！

聞言，潘小芳低頭看一眼頸脖，嗯？護身符不在呀，她又抬頭，她消失了，同時夢境也斷了。

張著口，潘小芳醒了過來。潛意識摸著頸脖，唔？護身符不在，接著她想起來：白天，護身符是掛在頸脖，晚上睡覺則放在枕頭下。

回想起夢境歷歷在目，她摸出護身符，把它給放到一旁的床畔小几抽屜內。

發了一會兒呆，看到旁邊丈夫睡得好沉，她忽然想上廁所。

經過衣帽間，關著的門底下微微透出光，她感到奇怪了，睡覺前一定會把衣帽間的燈、門都關了的。

輕輕地，她走到門邊，伸手打開門！

倒抽口冷氣，她看到自己穿著一樣的睡衣，坐在化妝鏡前。

心中駭異極了，抖簌著嘴唇，她忍不住低聲告訴自己：不可能，不可能！不是我！絕不是！

但還是忍不住好奇心，她猛吞著口水上前，突然坐著的潘小芳，身軀不動，只有頭，滴溜溜轉向潘小芳！

「赫！」驚喊一聲，潘小芳倒退一大步。

她看到坐著的她，臉孔跟自己一模一樣，可是瞬間她的臉變了，變成一張骷髏臉，黑洞洞的兩顆眼眶，鑽出幾條白色、綠色蛆蛆。

「啊———」

潘小芳低吼著欲後退，坐著的那位雙臂往後倒伸向她，把她給拉住，她再也忍不住，整個人暈過去了。

後來，曾立閔睡到半夜，被床側的新妮娘頭蓋嚇一跳，起身發現衣帽間有燈光，踏進去才看到潘小芳坐在化妝鏡前。

曾立閔和潘小芳兩人談開來，覺得事有蹊蹺，於是趁回娘家之際，潘小芳跟她母親說起這件奇怪的夢境，加上曾立閔所遇到的新娘……鬼。

潘爸爸和潘媽媽對望一眼，沈吟著。還是潘媽媽打破沈寂：「老伴，我看還是說出來吧。」

潘爸看著女兒、女婿，微一頷首。潘媽這才絮絮說出來。

潘小芳小時候不好養，常常生病，她八歲時是發生大劫難，上學發生車禍差點小命不保。

潘媽媽急壞了到處求神問卜，結果一位算命仙說，他有方法可以救小芳。

潘家人急忙請問法子。

算命仙說：「這個小女孩，一生都帶有劫難。『逢八見劫，災難無解。』就是你們要特別注意，每當她遇到八，要小心，她會有災難發生。」

算命仙握有一縷女魂，女魂一直想等她的姻緣線，沒等到她絕不肯去投胎。

算命仙的方法，是他跟女魂溝通，請她隨時跟著小女孩，保佑她的安全，直到小女孩成長。

潘爸、媽一聽，立刻請託算命仙幫忙。

經過溝通後，女魂一口就答應了。

可是，算命仙交代過，小女孩凡事，不管喜事、喪事，只要遇到她的八歲，例如

十八、二十八……等等最好讓她避開，免得產生不必要的麻煩。

「媽，妳說女魂一直在保護我？我怎沒見到？沒感覺到？」

「妳不是有一條紅色小手帕？我每次都叮嚀妳，一定要貼身收妥手帕，那條手帕就是算命仙跟女魂溝通好，以手帕讓她棲身。」

「呀！原來是手帕。」潘小芳恍然大悟地說。

就連這次出嫁，潘媽也一在交代她，要帶緊手帕、放妥手帕。

這次，潘小芳適逢二十八歲結婚，又偏逢鬼月舉行婚禮，看到受保護的小女孩結婚，能不心動嗎？

聽完潘爸、媽的話，曾立閔和潘小芳心裡都蒙上暗影。

結果，潘爸、潘媽帶女兒、女婿，去找算命仙。

算命仙聽完潘小芳和曾立閔的際遇，心理已瞭然。

他擺起祭壇上香，充當中間人跟女魂溝通，說明受她保護的小女孩已長大了，請她離開。

女魂不肯，說她等了幾十年，就是在等姻緣線。

算命仙問她：找到妳的姻緣線了嗎？我可以幫妳嗎？

女魂回答算命仙，她的姻緣線，就是跟小女孩同條線，意思是她想下嫁給曾立閔。

聞言，曾立閔慌了手腳，他可不想半夜起床，看到女鬼睡在他旁邊吶。

女魂告訴算命仙，她已得到曾爺爺首肯，願意接納她當陰間的兒媳婦。

曾立閔聽得都傻眼了，爺爺已仙逝，如何會答應這件冥婚呢？

女魂又跟算命仙說，曾爺爺後頸脖有一顆紅痣，女果不信的話，請曾立閔回去，跟公媽牌位擲茭杯問問看。

接著女魂要求曾立閔跟她舉辦一次婚禮，然後買一副小棺材，將手帕置放在裡面，棺材要藏在家中隱密處，此事若辦妥，心願已了，她就可以去投胎了。

女魂還說，若曾立閔不肯辦妥這件事或是潘小芳沒有雅量容她下嫁，她絕不會善罷干休。

回到曾家，曾立閔問奶奶，果然她丈夫後頸脖有一顆紅痣。

接著，又向爺爺神牌位擲茭杯，果然得到聖杯。

到此地步，曾立閔夫婦再無異議，只得照辦。

之後，曾家沒再發生過什麼怪事。據潘小芳說，女魂有可能已經去投胎了。

說完，潘小芳帶筆者等人去看隱牆內的一副小棺材，可愛是可愛，但看起來很詭異……

兒魂

二〇一六年二月中旬。

吳媽媽已經三天沒睡了，她的寶貝兒子——阿寶跟幾位同學去登玉山，預定的日期沒有回來，她擔心的吃不下、睡不著。

之前，她就很反對，但阿寶說，他以前也常爬山，加上他是體育系，體格健壯，調皮的拍拍媽媽肩膀，笑著說：「安啦！」

就算媽媽反對，他還是執意要去，吳媽媽無話可說了。

三天前，阿寶就該到家，可是到現在還不見他回來，撥打手機也沒接，難怪她擔心。

忽然，鋼琴室裡傳來輕微聲響：叮叮咚咚。

吳媽媽看著壁鐘，已經快十一點了，是誰在彈鋼琴？

吳媽媽傾聽一會，鋼琴音歇，不一會兒，它又叮叮咚咚的響起。

妹妹對音樂沒興趣，鋼琴大多是阿寶在彈的，可是阿寶不在啊？難道是自己聽錯了？

忽然，吳爸走出臥室，看著妻子，又轉望鋼琴室一會兒，問道：「誰在彈鋼琴？」

「咦？你也聽到了？我還以為是我聽錯了。」吳媽媽說。

吳爸馬上走向鋼琴室，打開門，開燈。這時，吳媽媽也走向鋼琴室，看到裡面空無一人，鋼琴蓋的好好地。

兩夫妻對望一眼，退出鋼琴室，重又關上門，吳爸向吳媽說：「這麼晚了，阿寶今天不會回來或許明天會回來，睡吧。」

第二天，還是沒有阿寶的訊息，吳媽媽實在忍不住了，向吳爸說：「我看，我今天去報警吧。」

「不急。再等等看，搞不好今天，明天回來，妳去報警，那不糗大了？」

吳媽媽猶豫著，臉容一片慘綠，她昨天又沒睡好。

「我去上班了。」吳爸說。

吳媽嘆了口氣：「唉！這孩子，幹嘛讓我擔心呀？」

「叫他不要去，他偏不聽，我們有什麼辦法？」

吳爸自顧去上班，吳媽又得挨難過的一天了。

煎熬到下午四點，吳媽到阿寶房間到處翻找，好不容易找到阿寶幾位大學同學的手機，她一一撥給他們，問他們可有阿寶訊息？

當然沒有。因為跟阿寶去爬山的幾位同學，也都還沒回來。

有的，同學建議吳媽媽，趕快報警；也有認為沒關係，說阿寶體格好以前也爬過山，有經驗，還有同學們做伴，一起爬山一定沒問題的。

晚上，全家人氣氛異常低迷，吳爸自己去房間，妹妹也回房做功課，剩下吳媽媽無精打采的坐在客廳，這狀況已經持續五天了。

十一點多，吳媽終於按耐不住，撥打電話給管區警察局。

報過警，吳媽媽好像才安心了些，坐到快十二點了，勉強進房休息，她所能做的，也只有這樣了！

吳媽媽將睡未睡之際，門鈴忽然急遽的響起來，吳媽媽整個人彈起來，衝出臥室直奔大門，立刻打開門！

天啊！她的心肝寶貝——阿寶面容灰敗，滿臉疲累，背著背包站在大門口！

這刻，吳媽媽喜極而泣了！

她連忙把兒子拉進屋內，阿寶臉色更青黯，落坐到沙發一角，吳媽媽轉身去開燈。

「媽，拜託，不要開燈啦！」

聞言，吳媽媽連忙關掉電燈，客廳雖暗但還有壁燈，幽幽的壁燈，映得客廳陰陰暗暗，但高興莫名的吳媽媽一心一意都在阿寶身上。

「先洗澡嗎？還是想休息？這個很重，拿掉吧。」

說著，吳媽伸手拉住阿寶前胸的背包帶子，想拉下來。

忽然，吳媽媽頓感眼睛一花，阿寶全身，包括背袋，變成雙線條，吳媽的手抓了個空，阿寶輕易的閃掉了。

「先坐會兒。媽，妳也坐。」

「呃！」吳媽點頭，感到自己肢體似乎變得僵硬了。

阿寶突如其來，低下頭，臉掩在雙臂間，發出低泣聲。

「怎……怎麼啦？發生什麼事？呀？快告訴媽，別這樣啊！」

說著，無媽又伸手想攀阿寶肩頭，這次她看清楚了，兒子的肩膀不動，但她的手，依然攀了個空！

吳媽低頭，看看自己的手，她以為是她手的關係。

阿寶抬起頭，眼睛閃著藍光：「我被欺侮了！」

「被欺侮？誰？誰敢欺侮你？跟媽講。」

「它們呀！它們不讓我走，強留著我，要我陪它們呀！」

吳媽皺起眉頭，不解地看著兒子：「什麼時代了，有人敢惡意留住你？太可惡了。你把它們的名字說出來。」

「它們的名字？」說著，阿寶灰臉上發了會兒楞，又搖搖頭。

「不就是你的同學嗎？跟你去爬山的同學不是嗎？沒關係，我可以查出來。」

「我要回家，它們不肯。」

說著，阿寶雙眼掉下淚，可是，淚水是血紅色的。

「啊！你的眼睛，受傷了嗎？」

阿寶眨眨眼，只一會兒，血紅色淚水恢復成平常樣。

吳媽揉著眼，說：「嗯！你這不是回家了嗎？早點休息。」

「媽……」阿寶依然坐著不動。

「放心，我已經報警了，你不要擔心，明天跟我去警察局，說明一切。」

阿寶點點頭。吳媽起身，說：「來，早些休息，嗯？」

阿寶站起來，往他自己的房間走，吳媽目送他的背影，遽然發現阿寶的兩條腿歪扭的很厲害，一隻往外折、一隻向前折。

這樣應該是無法走路，可是阿寶身體卻無恙走的安穩。

無媽原想叫住他，想想又作罷，明天再說吧，她也回房去了。

吳媽上床掀開棉被，竟把吳爸吵醒了，吳爸朦朧間，問：「妳怎麼現在才上床？」

「嗯，呵呵，阿寶回來了。」

迷糊間，吳爸翻個身，聽到吳媽的話，他忙仰起身：「妳，妳說什麼？」

但是，他發現吳媽竟然打起鼾了。吳爸看了，搖頭，重新又睡下。

就在吳爸將睡未睡，迷惘之際，耳中聽到鋼琴聲響，持續不斷。

鋼琴聲吵醒他，他想起方才吳媽說的話，他是不相信吳媽的話，可是這琴音，怎回事？

最後，他披衣下床，走出臥室來到鋼琴室前，發了一會兒呆，鋼琴聲依然持續。

於是，他伸手輕輕旋轉門把，門開了一道隙縫，吳爸眼睛湊近前。

室內暗黑一片，一道人影坐在鋼琴前，身後揹著背包，以下全模糊不清。

吳爸猛想起剛剛，妻子說：「阿寶回來了」他看影子，倒有五分像阿寶，可是有點奇怪，不過別人不可能會進來屋裡，人影又不像是妹妹呀！

「阿寶！是你嗎？阿寶嗎？」

就在這時，人影慢騰騰轉過頭望向吳爸。

剎那間，人影整個模糊了，唯有幽暗的兩道眼睛閃出暗綠色的光芒。

吳爸心裡吃驚，卻來不及有任何動作，人影就驀地消失了！

停了好一會，吳爸恢復心情了，把門推開按下燈光開關，室內頓然大放光明。吳爸走進室內，室內沒有任何人，就連鋼琴蓋也蓋的好好地，但鋼琴座位上，有一灘水漬。

吳爸伸手，摸摸座位上水漬，手心是潮濕的！

二月二十日，吳爸、吳媽接獲警方訊息，說攀登玉山的幾個大學生，已經下山了。吳爸向公司請假，跟著吳媽趕去會合。

原來他們是阿寶的同學，獨獨不見阿寶。吳媽都快崩潰了，揚聲大叫：「阿寶已經回來了，是我開的門，他前幾天就回家了。」

同學們面面相覷，警察詢問著，同學們才詳細說出原由。

據說他們到了半途的休憩站，店家警告他們天氣太冷了，山上風雨很大很危險，還是休息一陣子再上山。

他們不願意浪費時間，堅持要上山。

果然，逐漸往山上走，風雨也漸漸增強，走到一半風雨交加，大夥決定掉頭往回下山。

但走到半途，阿寶竟失足跌入主峰下的山谷。

山谷深不可測，他們看不到阿寶到底掉到哪裡，也無法下去山谷尋找。

眾人只好一面下山，一面求救。

搜救隊找了兩趟，終於看到阿寶身軀，掉在主峰下的山坳，那個地方人是無法攀爬的。

搜救隊只能用直升機把阿寶的遺體，以垂吊方式吊下山崖。

陰冷、濕寒的二十二日，接獲阿寶大體回家，他的身體都濕透了。

吳媽幾乎癱瘓了，她哭得肝腸寸斷，一面開罵：「你們害死阿寶，你們欺侮他，強留他，不讓他走，是你們害死我的兒子，哇！」

同學們聽不懂吳媽的話，可是阿寶發生意外，他們心裡也很難過，一面挨罵一面全程陪著阿寶。

後來，吳媽說起那一天夜裡，阿寶回家跟她談起的事件，吳爸也不得其解，到底是誰強留阿寶，要他陪著它們？

它們到底是誰？

之後，處理阿寶的後事事宜，葬儀社的人說，他們擲筊杯，都沒有得到阿寶的回應，亦即是說，阿寶是夭無訊息。

吳媽的么妹獲悉此事，等阿寶事件告一段落，她帶吳媽到一位道師的法壇請問。結果，道師解釋說：「深壑山谷經常有人喪生，或許也有山精樹怪徘徊，妳兒子說的有可能是指它們。」

這樣的解釋也許有道理，可吳媽說既然這樣，為何那晚阿寶能回家告訴她此事？

「嗯，冥界的事，我們不盡全盤明白，我想，也許是它們放妳兒子一個假回家，探望家人吧。」

後來，因吳媽無法上山去招攬阿寶的魂魄回來。這件事，就這樣不了了之。

戲弄鬼

這件，不是傳聞，是確實的事件。

住中和常往來台北的人，大多要經過華中橋，這個橋常常發生事故。

每逢七月，有人會把一整疊的冥紙，堆放在橋頭、橋邊。甚至不是七月，也看得到橋面上，有散落的冥紙。

李元祿就是住在中和區，每天上、下班，都必須經過華中橋。

有一天晚上他加班，下了班經過萬大路吃個宵夜，回家時已很晚了。

時值秋風乍涼時節，晚上的橋面，涼風徐徐吹拂過來，讓加班後很疲累的李元祿，睡意更濃。

一面騎著機車，他一面想打瞌睡。

反正橋是直的，不必轉彎，只要機車手把不亂動，機車直行就ＯＫ嘍。

這麼晚了，都沒有人也沒有機車，偶爾會有汽車呼嘯而過，橋面上很安寧。

就在他瞇著眼之際，突然聽到一股機車的「轟隆！」聲音。

聲音很吵，一聽就知道車主是故意拔掉排氣管，所以聲音特別響。

以前，李元祿也做過這種無聊事。

但是，李元祿覺得不太對勁，他走的是右邊機車道，只能往前，若從反方向而來，應該在左邊那面的對面才對。

他的思慮不足幾秒間，而機車聲響，已經從前面奔近向他而來。

他忙睜大雙眼，一看，赫！

果然，一輛機車正由前面向著他衝撞而來。

瞌睡蟲一下子跑掉了，李元祿連忙集中精神。

他想閃，但估量機車道不寬，兩輛機車絕無法擦身而過。

想停，已然來不及了。

他倉促減速，結果機車歪七扭八，左右亂碰撞，因車速很快，害他跌倒。

對面機車衝過來，越過他——照說，機車和騎車者應該會跟他一樣，受到碰撞。

沒有！完全沒有！

機車擦身而過時，李元祿清晰看到，應該會碰撞處，對向機車竟然是透明、凌空而過。

李元祿轉頭望著機車後塵，呆愣了半晌，搞不清楚是什麼狀況。

不管是什麼狀況，逆向騎機車就違法了！

他略為檢視自己，還好只是擦傷，車子略為磨損但並無大礙。

他牽起機車，準備發動。就在這時後面傳來機車聲響，他吃了一驚，很快把車子拉到邊邊，想讓後面車子先過去。

可是，等了一會兒並不見機車經過，聽聲音很像是剛剛那台機車。李元祿轉頭望去。那輛機車竟騎在汽車道路上，轟然而來。

接近時，李元祿更發現怪異現象！機車騎士，無論是手、腳，動作、姿勢分明都是在騎機車狀態，但，他是凌空坐著、騎著的。

看不到機車，但機車轟然巨響，聲音是如此真切的灌入李元祿耳裡。

李元祿整個人呆愣著，機車終於經過他面前了，騎士戴著全罩式的安全帽，看不到他的臉，可是經過時，他轉頭看了一眼李元祿！

李元祿感受到他銳利精芒，宛如被刺到似的，全身隱隱發疼。

眼睛像沾到黏膠被緊緊吸住了，李元祿不自覺地目送騎士背影。

不知道過了多久，李元祿才乍然頓醒，打了個哆嗦，想到：剛剛那個，是鬼吧？可是這個鬼，超年輕的！

管它年輕不年輕，這會兒，李元祿一心一意只想趕快下橋、回家。

李元祿跨上機車正要發動，後面傳來不高，卻異常清晰的冷笑聲。

他轉頭望去，哇呀！

又是剛剛那位安全帽騎士，可是剛剛，雖然是凌空騎車，但它明明就騎過去了，怎麼又會在他後面出現？

而且，李元祿看到它，這次是騎在機車道路上，自己若不趕快走，後果……無法想像。

來不及發動機車了，李元祿急忙丟下車，徒步奔向前。

跑了一段距離，他轉頭看，嗯？它不見了？

現在要怎樣？是繼續往前跑？還是往後去牽機車？但要是它再出現呢？

李元祿前、後看看，目測兩邊距離，思量要向哪去？

忽然，前面出現了兩個人，一高、一矮，一老、一少，兩人不疾不徐的走了過來。

一陣欣喜，升上李元祿胸口，他加緊腳步，也往前。

雙方距離將近，都停下腳，李元祿揚聲叫：「嗨！兩位，你們，我勸你們兩位，千萬不要往前去。」

「喔？」

「呵呵，前面？怎樣？」年輕的這位，探頭望向李元祿身後。

李元祿被嚇怕了，擔心年輕人會被嚇到，他急忙揮動雙手，企圖阻擋這年輕人的視線，口中則煌亂地說：「不！不，不要看。趕快往後走，趕快離開橋。」

「是怎麼了嗎？」老年人比較沉穩，他盯住李元祿，問。

「那裡……有鬼，鬼。」

「鬼？長怎樣？」年輕人似乎很有興味地問。

「就……在空中騎機車，超恐怖的，再不快走就來不及了。」

年輕人忽然大笑起來，轉頭跟老的對望一眼，又轉向李元祿，問：「它，有我這麼恐怖嗎？」

說著，年輕人斜著頭，垂到胸前，李元祿看到他頭頂迸開，紅色的血、白色的腦漿順流到他胸前，胸口被染成一大片暗紅，怵目驚心。

李元祿退後幾步，驚恐的瞠目結舌。

老的這位，掛著淡淡笑容，向李元祿道：「機車騎士，是嗎？我常常遇到它。」

李元祿說不出話，驚懼眼光，從年輕人轉向老者，只聽老的這位繼續說道：「它，還好啦，你看看我。」

說著，霎那間，老者恍似被劈成兩半，左、右只剩下手臂和兩條腿，當中的身軀，被輾過，整個凹陷，形成像紙片的薄，它的頭被血水猛衝得整個腫脹，足足大了原來的兩倍大。

「你、你、你……你們倆，也、也、也是……」

「鬼」字尚未出口，後面怒吼的機車聲，突然向李元祿衝過來。

李元祿轉回頭，機車騎士已在他身後，電光火石之間，他根本無法閃避，只能眼睜睜看著騎士穿透自己的身軀。

「啊——」

叫聲含在嘴裡，李元祿頓覺觸電般，渾身一陣劇痛，顫抖著往後栽下去，整個人昏倒了。

李元祿醒過來時，發現自己在醫院裡。

一大早，清掃的清潔工發現李元祿躺在地上，機車又停在不遠的橋上，讓人以為他騎車自撞。

李元祿身上並無大礙，在醫院住一天就回家了。

說真的，想到每天上、下班，都要經過那座橋，他心裡總是毛毛的。

這種遇鬼事，叫他如何說出口？

鄰居一位阿伯，大家都稱他阿火伯，他趁四下無人，悄悄問李元祿：「你怎會睡在橋上呀？」

李元祿看他一眼，不說話。

「是不是遇到什麼東西？」

李元祿看他一眼，以阿火伯的年紀，就看出來，他說到李元祿的心坎裡了。

可是李元祿依然沉默著。

阿火伯徐徐說：「我，其實以前遇到過，能活到今天算幸運的了。」

李元祿睜大眼看著阿火伯，阿火伯接著說出他的際遇。

十年前，阿火伯同樣在深夜騎機車，在華中橋橋頭有個人擋在機車道上，揮手要阿火伯停車。

「拜託，幫幫忙。」

「什麼事？」阿火伯停車問。

「我車子被撞壞了，拜託你載我一程。」

「可是……我們不同路線吧？你住哪？」

「不打緊，拜託你，只要載我過這條橋，就好了。」

「哦，可以。上來吧。」

接著，那個人上了機車後座，阿火伯一開動，發現機車異常沉重，重到機車把手都快失靈了。

但基於熱心腸，阿火伯還是慢慢的騎著車。

車子騎到橋中央，機車把手，突如其來的亂扭、亂晃。

阿火伯吃了一驚，想停住車子可不但停不住，車速反倒變的更急速。

然後，不管火伯如何用盡力道，把手都不聽話。

就好像有另一股無形力量在操控機車把手，胡亂扭晃一會兒，整台機車衝撞一旁的鐵欄杆又彈回來，機車歪倒下來，阿火伯則越過分隔線，摔倒在汽車道上。

忽然，一台大貨車從後面呼嘯而來，阿火伯嚇的屁滾尿流。

所幸，他急中生智連忙縮著頸脖，並把頭奮力歪向機車道這邊。

他眼睜睜看到，疾駛而過的大貨車車輪，距他的頭部還不及十五公分。

灰頭土臉的起身後，阿火伯忽然想起，坐在他後座那個人呢？

嘿！四下都找不到他吶！

阿火伯還探身看橋下，就擔心他是不事摔到橋下去了？沒有！偌大的人就這樣消失了！

不得已，阿火伯扶起機車繼續騎下橋。哪知，看到下方的橋尾發生了車禍。一輛小轎車停在汽車道旁，後面倒著一輛機車，機車騎士倒在地上。

因為時值深夜，附近幾乎不見車子、行人，若有，車子也是呼嘯而過，像剛剛那台大貨車。

熱心的阿火伯也停下機車，上前問小轎車駕駛，需要幫忙否？

小轎車駕駛搖頭：「謝謝，已經叫了救護車了。這個人很奇怪，把機車開到汽車道路上，真是的。」

阿火伯看了一眼躺著的人，赫然覺得很眼熟！再仔細一看！

嘩！這個人，正是剛剛在橋頭拜託他，想搭他便車的那個人啊！

心中狂震著，阿火伯急速跨上機車，特別小心的騎回家。

「事後，我猜，那個剛死的人，死的不甘心還是怎樣，想拉我作伴，好在我命大，躲過一劫。」

李元祿聽的動容，問到：「以後呢，你還繼續經過橋？」

「當然。不過，我做了一件事。」

「什麼事？」

第二天，阿火伯想了個仔細，在黃昏時，買了一疊冥紙，跑到橋頭，向亡者默禱，燒給它，請它安息。

以後，阿火伯沒再發生過什麼事。不過，他盡可能避開深夜過橋。

聽到阿火伯的際遇，李元祿也照做，尤其每逢七月，他都會買一疊冥紙，放在橋頭。

▶ 哇！真是見鬼了

（讀品讀者回函卡）

■ 謝謝您購買這本書，請詳細填寫本卡各欄後寄回，我們每月將抽選一百名回函讀者寄出精美禮物，並享有生日當月購書優惠！
想知道更多更即時的消息，請搜尋“永續圖書粉絲團”

■ 您也可以使用傳真或是掃描圖檔寄回公司信箱，謝謝。
傳真電話：（02）8647-3660　　信箱：yungjiuh@ms45.hinet.net

◆ 姓名：＿＿＿＿＿＿＿＿＿＿＿　□男　□女　　□單身　□已婚

◆ 生日：＿＿＿＿＿＿＿＿＿＿＿　□非會員　　□已是會員

◆ **E-mail**：＿＿＿＿＿＿＿＿＿＿＿＿＿　電話：(　)＿＿＿＿＿

◆ 地址：＿＿＿＿＿＿＿＿＿＿＿＿＿＿＿＿＿＿＿＿＿＿＿＿

◆ 學歷：□高中以下　□專科或大學　□研究所以上　□其他＿＿＿＿

◆ 職業：□學生　□資訊　□製造　□行銷　□服務　□金融
□傳播　□公教　□軍警　□自由　□家管　□其他＿＿＿＿

◆ 閱讀嗜好：□兩性　□心理　□勵志　□傳記　□文學　□健康
□財經　□企管　□行銷　□休閒　□小說　□其他

◆ 您平均一年購書：□ 5本以下　□ 6～10本　□ 11～20本
□21～30本以下　□ 30本以上

◆ 購買此書的金額：＿＿＿＿＿＿＿

◆ 購自：□連鎖書店　□一般書局　□量販店　□超商　□書展
□郵購　□網路訂購　□其他

◆ 您購買此書的原因：□書名　□作者　□內容　□封面
□版面設計　□其他

◆ 建議改進：□內容　□封面　□版面設計　□其他＿＿＿＿＿

您的建議：

剪下後傳真、掃描或寄回至「22103新北市汐止區大同路三段194號9樓之1讀品文化收」

讀好書品嚐人生的美味

哇！真是見鬼了